www.tredition.de

AF198086

Für Maren

SAMANTHA DAUT

April der Rache

Kriminalroman

www.tredition.de

© 2014 Samantha Daut

Umschlaggestaltung, Illustration: Berthold Sachsenmaier

Lektorat, Korrektorat: Susanne Junge

Verlag: tredition GmbH, Hamburg

ISBN Paperback: 978-3-7323-0818-7

ISBN Hardcover: 978-3-7323-0819-4

ISBN e-Book: 978-3-7323-0820-0

Bibliografische Information der Deutschen Nationalbibliothek:

Die Deutsche Nationalbibliothek verzeichnet diese Publikation in der Deutschen

Nationalbibliografie; detaillierte bibliografische Daten sind im Internet über http://dnb.d-

nb.de abrufbar.

Inhaltsverzeichnis

Montag, 1. April 2013

Roland Saalberger lag in seinem Bett und wälzte sich von einer Seite auf die andere.

Der Schuss, der sich gelöst hatte, traf ihn mit solch gewaltiger Wucht, dass er vom Felsen stürzte und wie ein Brett ins Wasser fiel. Er sank nach unten auf den Grund.

Roland genoss das Gefühl zu sehen, dass der Mörder seiner Tochter wie ein Sack Zement ins Wasser gefallen war und nun leblos auf dem Grund lag. So wie seine kleine Tochter. Das war das einzige, das er noch für seine Familie hatte tun können; für sich, für seine Ex-Verlobte, aber vor allem für seine tote Tochter. Irmgard stand auf der Klippe hinter Roland; als der Kommissar sich umwandte, blickte er in ihre vor Schreck geweiteten Augen; die Mutter seiner Ex-Verlobten stand definitiv unter Schock. Dass Ralf sie entführt und als Geisel genommen hatte, war zu viel für sie gewesen.

Ein kehliger Laut ertönte. Roland Saalberger schreckte schweißgebadet aus dem Tiefschlaf hoch, sprang aus dem Bett und rannte barfuß über die kalten, grauen Fließen, den dunkelbraunen Parkettboden im Wohnzimmer und den weißen Fellteppich im Kinderzimmer, zum Bettchen seines Sohnes Manuel.

Roland erinnerte sich noch genau an den Tag, an dem Manuel und Sophia geboren wurden:

Es war der 1. Januar 2013 gewesen. Kaum war er auf dem Felsen, mussten bei seiner Ehefrau Nina die Wehen eingesetzt haben und die Fruchtblase geplatzt sein, denn sie hatte mehrfach versucht, ihn zu erreichen; das hatte er jedoch erst später auf dem Display seines Mobiltelefons gesehen. Er war sofort ins Krankenhaus gefahren. Dort befand sich nicht nur Nina, sondern auch Isabelle, die nach einem Autounfall im Koma lag. Roland und sie hatten zusammen im Wagen gesessen, aber ihm war wie durch ein Wunder nichts passiert.

Auch Irmgard Engel, die Mutter von Rolands Ex-Verlobter Isabelle, war angerufen worden, weil ein Unbekannter bei Isabelle den Beatmungsschlauch gezogen hatte. Dadurch hatte sich Isabelles Zustand dramatisch verschlechtert.

Irmgard und er hatten sich aufgeteilt: Irmgard hatte nach Isabelle gesehen und Roland nach Nina. Die war heilfroh gewesen, als Roland endlich aufgetaucht war und ihr bei der Geburt der Zwillinge, so gut er es eben konnte, beigestanden hatte. Sophia Saalberger, die drei Minuten älter war als ihr Bruder Manuel, hatte Probleme mit der Atmung und schrie nicht. Die Ärzte kümmerten sich um sie, während Nina die nächsten Presswehen spürte; drei Minuten später hatte auch

Manuel das Licht der Welt erblickt. Der Kleine wurde untersucht und die Ärzte stellten fest, dass er kerngesund war. Währenddessen war Sophia in einen Inkubator gelegt und auf der Frühgeborenen-Intensivstation an eine Beatmungsmaschine angeschlossen worden. Nina war entsetzt gewesen und hatte die Ärzte über Sophias Gesundheit gelöchert, bis sie selbst heiser geworden war. Man sagte ihr, dass Sophia vermutlich eine Infektion habe, dass man jedoch weder Quelle noch Art der Infektion zum jetzigen Zeitpunkt genau lokalisieren konnte und somit nicht wisse, ob es sich um eine lebensgefährliche Infektion handele. Es sei für Sophia besser, sie bleibe auf der Intensivstation, da man sie dort engmaschiger überwachen könne. Die kleine Sophia könne jedoch jederzeit von ihren Eltern besucht werden.

Für Nina war das ein Schlag ins Gesicht gewesen; hatte ihr Kind eine Infektion, weil die Ärzte nicht steril gearbeitet hatten? Sie war mit den Nerven total am Ende! Sie hatte die Hände vors Gesicht geschlagen und begonnen, hemmungslos zu weinen. Dr. Dam-Bovi hatte versichert, alles Menschenmögliche für Sophia zu tun. Danach hatte er ihnen alles Gute gewünscht und war gegangen. Kurze Zeit später war Nina mit Söhnchen Manuel in ein Krankenzimmer verlegt worden. Dort hatten Nina und Roland beschossen, sich aufzuteilen. Nina war bei Manuel geblieben, und Roland war zu Sophia gegangen, die auf der

Intensivstation um ihr Leben kämpfte. Während Roland den Flur entlang geschritten war, war er in Gedanken versunken. Durch die Glasscheibe konnte man die winzigen Kinder - manche von ihnen waren sicherlich auch zu früh geboren, vermutete Roland - in ihren Inkubatoren, an den Schläuchen hängend, liegen sehen. Roland glaubte zu wissen, warum Nina diesen Gang gemieden hatte und bei Manuel geblieben war. Diesen Anblick musste man aushalten können!

Nachdem Roland gesagt hatte, das er Sophias Vater war, hatte man ihm geholfen, einen blauen Kittel Handschuhe sowie einen Mundschutz anzuziehen und ihn, nachdem er seine Hände desinfiziert hatte, auf die Station zu Sophia gelassen. Er hatte sich an Sophias Brutkasten gesetzt; jetzt hatte ihn der Anblick dieser vielen Elektronen, Kabel und Schläuche auf der Haut seiner Tochter doch ein wenig erschreckt. Er hatte seine Hand durch die Öffnung im Brutkasten gesteckt und mit Tränen in den Augen geflüstert: „Du musst das schaffen, meine Kleine. Du bist eine Saalberger, und eine Saalberger gibt nicht auf."

Plötzlich hatte Roland eine Hand auf seiner Schulter gespürt. Er war erschrocken herumgefahren und hatte in die rotgeweinten Augen seiner Ehefrau Nina, die ebenfalls sterile Kleidung getragen hatte, geblickt. Sie wollte ebenfalls bei der kleinen Sophia sein. Sie saßen eine Weile da und betrachteten das Baby.

Auf einmal wurde es Nina schwindelig. Roland sah sie besorgt an und rief eine Hebamme zu Hilfe, die gerade am Nachbar-Inkubator beschäftigt war.

„Ich hole Ihnen ein Glas Wasser", hatte die Hebamme gesagt und das Zimmer verlassen. Kurz darauf war sie wieder gekommen und hatte Nina das Glas gereicht.

„Ich messe Ihnen jetzt gleich noch den Blutdruck", hatte sie angekündigt und Nina die Manschette um den Arm gelegt und die Pumpe betätigt.

„Etwas zu hoch", war ihr sachlicher Kommentar gewesen, weshalb sie ihr auch gleich ein Medikament besorgt hatte. Widerwillig hatte Nina die Kreislauf-tropfen eingenommen und mit Wasser nachgespült.

„Sie müssen sich dringend ausruhen, Frau Saalberger!"

„Ausruhen? Ich soll mich ausruhen? Mein Baby liegt hier, und Sie verlangen von mir, dass ich mich ausruhe?! Dass ist doch nicht Ihr Ernst", hatte Nina hysterisch gebrüllt und zu schluchzen begonnen; sie hatte fast keine Luft mehr bekommen. Roland hatte sie in den Arm genommen.

„Schschsch, beruhige dich, alles wird gut", Roland hatte ihr beruhigend mit seiner Hand über den Rücken gestrichen.

„Ich hoffe, du behältst Recht, Roland", wurde Nina von Schluchzern geschüttelt.

„Ich schaue später noch einmal nach Ihnen. Denken Sie noch einmal über meine Worte nach; Sie können Ihrer Tochter nicht helfen, wenn Sie selbst völlig entkräftet sind", die Hebamme wandte sich wieder ihrer Arbeit zu, als plötzlich ihr Dienst-Telefon klingelte. Sie hatte zugehört, was der Anrufer zu sagen hatte, und dann erwidert, „Okay, ich gebe ihm sofort Bescheid", anschließend legte sie auf.

„Herr Saalberger?", wandte sie sich an Roland.

„Ja?", antwortete Roland.

„Ein Kollege von der Intensivstation hat hier angerufen, eine Frau Engel braucht Sie dringend", hatte sie erklärt.

Nach kurzer Absprache mit Nina, die noch bei Sophia bleiben wollte, war Roland zu Irmgard und Isabelle gegangen.

Schon von weitem hatte er das Geräusch des Defi-brillators gehört. Plötzlich war alles still geworden, kurz darauf hatte ein langgezogener Piepton den Raum erfüllt, danach war schlagartig alles wieder totenstill geworden. Roland hatte neben Irmgard vor der Glasscheibe zur Intensivstation gestanden. Gemeinsam hatten sie zugesehen, wie sich Isabelles

Körper durch die Stromwellen gehoben und wieder gesenkt hatte. Isabelle hatte ausgesehen wie ein Geist, in ihrem weißen Flügelhemd, und dazu noch die blasse Haut auf dem blauen Tuch.

Roland hatte Irmgard seine Hand auf die Schulter gelegt, um sie zu beruhigen. „Ich bin auch jetzt, noch immer, nach wie vor für dich da, Irmgard", hatte er versprochen.

„Danke", hatte Irmgard gemurmelt. Plötzlich hatte sie begonnen zu weinen. Roland hatte sie einfach in den Arm genommen und festgehalten.

„Soll ich dich nach Hause fahren? Möchtest du dich etwas hinlegen?", Roland war äußerst besorgt gewesen.

„Nein, nein, das ist nicht nötig, es geht schon", hatte Irmgard entschieden abgewehrt, „wie war die Geburt deiner Kinder? Ist alles in Ordnung?"

„Es sind Zwillinge, ein Mädchen und ein Junge. Manuel geht es ausgezeichnet, aber Sophia hat Atemprobleme", hatte Roland gesagt und sich seufzend mit dem Daumen die Nasenwurzel gerieben. „Es geht ihr immer noch unverändert schlecht, aber unsere Kleine schafft das, sie ist eine Saalberger und eine Saalberger gibt nicht auf, eine Saalberger kämpft", hatte Roland Irmgard entschieden mitgeteilt.

„Ich wünsche eurer Kleinen auf alle Fälle alles erdenklich Gute und ich hoffe, dass sie das schafft", hatte sie gemeint.

„Danke, Irmgard", hatte Roland matt gemurmelt, „auch Nina geht es nicht so gut, sie ist ziemlich fertig."

Irmgard hatte verständnisvoll genickt.

Drei Tage später hatte Roland nach Feierabend seine Noch-Ehefrau und Manuel auf dem Zimmer besucht, als plötzlich eine Krankenschwester von der Frühgeborenen-Intensivstation zu Nina ins Zimmer getreten war und gerufen hatte: „Familie Saalberger, bitte sofort auf die Frühgeborenen-Intensivstation."

„Sophia!", hatte Roland keuchend gerufen und war schneller durch die Klinikflure gerast, als seine Füße ihn hatten tragen können. Nina war hinter ihm her gehetzt.

Als die beiden auf der Frühgeborenen-Intensivstation angekommen waren, sahen sie die Ärzte, Schwestern und Hebammen geschäftig durcheinander laufen. Roland und Nina beobachteten hilflos das geschäftige

Treiben. Dr. Dam-Bovi hatte Sophia den Beatmungs-
beutel auf ihr kleines Gesicht gedrückt. Die Zeit war
so schnell vergangen, dass Roland gar nicht bemerkt
hatte, dass es mittlerweile schon kurz vor Mitternacht
war.

Dr. Dam-Bovi hatte den Beatmungsbeutel nun schon
zum zweiten Mal betätigt. Als er zum dritten Mal
gepumpt hatte, hatte die Uhr zwölf geschlagen. Doch
Sophias Atmung war nicht zurückgekehrt. Der Blick
von Dr. Dam-Bovi war kurz zur Decke gegangen, dann
hatte er bedauernd den Kopf geschüttelt.

„Zeitpunkt des Todes Freitag, den 4. Januar um
00:00 Uhr", hatte er zu Protokoll gegeben und an-
schließend den Beatmungsbeutel wieder in die
Vorrichtung gehängt.

Dann war er war zu Sophias Eltern getreten.

„Es tut sehr leid, Ihre Tochter ist zu den Sternen
gereist, also gestorben", hatte ihnen der Arzt erklärt.

Nina war von einem heftigen Schluchzer geschüttelt
worden und auch Roland war die Tränen über die
Wangen gelaufen.

„Können wir zu ihr?", hatte Nina gefragt.

„Selbstverständlich."

Nina und Roland waren zu ihrer Tochter gegangen. Sie hatte so friedlich ausgesehen, wie sie in ihrem Inkubator, mit Schläuchen übersät und durch den Sauerstoffmangel leicht blau im Gesicht, gelegen hatte. Nina hatte ihrem toten Kind über die Wange gestrichen und gemurmelt „Schlaf gut, mein Schätzchen, ich hab dich lieb."

„Schlaf gut, meine Kleine, Papa hat dich lieb", hatte auch Roland gemurmelt und seiner toten Tochter ebenfalls über die Wange gestrichen.

Der nächste Morgen:

Roland war über Nacht bei Nina im Krankenhaus geblieben und Dr. Dam-Bovi betrat das Zimmer zur morgendlichen Visite. Da mit Manuel alles in bester Ordnung war, brachte Nina vor, dass sie gerne nach Hause gehen würde.

„Dem steht nichts im Wege, wenn Sie die U2 noch durch unseren Kinderarzt machen lassen. Es tut mir aufrichtig leid mit Ihrer Tochter. Alles Gute", der Arzt hatte den Eltern die Hände geschüttelt.

„Ja, natürlich lassen wir Manuel untersuchen. Aber dann möchte ich wirklich hier raus!", brach es aus Nina heraus.

17

„Vielen Dank für alles, Dr. Dam-Bovi", hatte sich Roland von dem Arzt verabschiedet.

Nachdem der Kinderarzt nach der Untersuchung mit Manuel sehr zufrieden war und keine Bedenken wegen einer Entlassung hatte, machten sie sich auf den Nach-Hause-Weg.

Bei Nina zu Hause angekommen, hatten sich Roland und Nina auf die Eckbank in der Küche gesetzt. Die Tragetasche mit dem Baby hatten sie auf dem Küchentisch abgestellt. Nina war etwas näher zu ihrem Noch-Ehemann gerückt und hatte ihren Kopf an seine Schulter gelegt.

„Es tut so gut, dass du da bist, Roland."

„Das ist doch selbstverständlich, Nina, wenn du möchtest, kann ich diese Nacht bei euch schlafen", hatte Roland angeboten und ihr über den Oberarm gestrichen, „...auf dem Sofa", hatte er wenige Sekunden später hinzugefügt.

Roland und Nina hatten sich bereits vor einigen Monaten getrennt und obwohl er die Scheidung einreichen wollte, hatte er ihr seine Unterstützung bei der Geburt und der Kinderbetreuung zugesichert. Seine Kinder waren ihm wichtiger als alles auf der Welt!

„Warum nicht", hatte sie nach kurzem Zögern eingewilligt.

Plötzlich hatte Manuel angefangen zu quengeln.

„Oh, da ist wohl jemand müde", Roland war mit Manuel ins Kinderzimmer gegangen, hatte ihm einen Strampelanzug angezogen und ihn anschließend in sein Bettchen gelegt. Sorgfältig hatte er ihn zugedeckt, seine Spieluhr aufgezogen, ihm seinen blauen Teddy in sein Bettchen gelegt und schließlich das Mobile an der Decke angestoßen, von dem blaue Holzteddybären herabhingen und schwankten. Anschließend hatte er das Licht gelöscht und die Tür des Kinderzimmers so hinter sich zugezogen, dass noch ein kleiner Spalt offen geblieben war. Dann war er zurück zu Nina gegangen.

„Wir sollten eine Kerze für Sophia anzünden", hatte Roland gemeint und ihre Hand genommen.

„Das klingt schön", hatte Nina erwidert und eine rote Kerze, die in einem Messingständer stand, aus dem Schrank geholt. „Hast du Feuer?"

Roland hatte genickt und ein Feuerzeug aus seiner Hosentasche geholt, womit er die Kerze angezündet hatte.

„Kennst du einen Bestatter... für... Kinderbestattungen?", hatte Nina stockend gefragt.

„Ja, Bernhard Gross macht Kinderbestattungen sehr ‚schön' und für die Eltern sehr erträglich", hatte Roland geantwortet, „er hat auch meine ermordete Tochter Caroline beerdigt", hatte er hinzugefügt.

„Und was ich dir noch nicht gesagt habe, war folgendes: Ich habe Ralf, Carolines Mörder auf der Klippe in Notwehr erschossen, als du mit Wehen ins Krankenhaus gekommen bist. Vermutlich war er es auch, der bei Isabelle, als diese im Koma gelegen hatte, den Beatmungsschlauch gezogen hatte. Wie du weißt, ist Isabelle dadurch gestorben."

„Oh, Roland, das tut mir so leid, dass Isabelle gestorben ist. Hat sie noch erfahren, dass du den Mörder eurer Tochter erledigt hast?", fragte Nina.

„Nein, davon hat sie nichts mehr mitbekommen, aber Carolines Oma - Isabelles Mutter war dabei, als ich Ralf auf der Klippe in Notwehr erschossen habe."

„Es tut mir leid, aber ich habe auch noch ein unangenehmes Thema mit dir zu besprechen: Wegen der Scheidung, Roland, ich fände es doch besser, wenn wir uns keinen gemeinsamen Anwalt nehmen. Ach, und wegen des Sorgerechts für Manuel, ich fühle mich im Moment nicht in der Lage, mich um ein Kind zu kümmern...", hatte sie begonnen.

„Nina, das braucht Zeit, du wirst eine wundervolle Mutter. Wir schaffen das, da bin ich ganz sicher."

Manuel hatte nun angefangen, lauthals zu weinen. Nina war sitzen geblieben, wie eine Statue. Da sie offensichtlich nicht vorgehabt hatte, nach ihrem Sohn zu schauen, war Roland ins Kinderzimmer gegangen. Er hatte Manuel gewickelt, danach hatte sich der kleine Mann gleich besser gefühlt. Nachdem Roland für Manuel ein Fläschchen gemacht hatte, lag der Säugling schließlich satt und friedlich schlafend in seinem Bettchen.

Während Roland sich um den gemeinsamen Sohn ge-kümmert hatte, hatte Nina ihren Laptop aufgeklappt und begonnen, im Internet zu surfen. Roland war hinter sie getreten und hatte ihr über die Schulter geschaut. Sie hatte folgende Seite aufgerufen: www.weisserhimmel.de; und offensichtlich chattete sie mit einem Kerl, der sich TonyL7 nannte.

In dieser Nacht hatte Roland ziemlich schlecht auf Ninas Sofa geschlafen.

Die Tage vergingen.

Die Beerdigungen von Sophia und Isabelle liefen an Roland vorbei wie ein schlechter Film. Er entsorgte Sophias Möbel aus dem Kinderzimmer und den rosafarbenen Maxi-Cosi, er brachte alles zur „Kinderstube", einer gemeinnützigen Organisation.

21

Es brach ihm fast das Herz, die Sachen wegzugeben, aber Nina schien er damit nicht belasten zu können. Er versuchte, alle Angelegenheiten, die mit Sophias Tod zusammenhingen, zu regeln, und wollte Manuel gleichzeitig alles geben, was dieser brauchte, um eine schöne Kindheit haben zu können. Nina fühlte sich in ihrem Schmerz offenbar unfähig, Manuel eine Mutter zu sein; sie konnte ihren Sohn nicht einmal ansehen, weil sein Anblick sie an die tote Zwillingsschwester erinnerte. Nina kochte nicht mehr, sie putzte nicht mehr und ließ sich vollkommen hängen. Roland kam überhaupt nicht mehr an sie heran.

Irgendwann hatte Roland trotz allem seinen Dienst wieder aufnehmen müssen. So kam es, dass, dass er sich die Nächte um die Ohren schlug, weil er sich um Manuel kümmern musste; die Nächte auf dem Sofa waren kaum als erholsam zu bezeichnen – und gleich nach der Arbeit hastete er sofort wieder zu Nina, um sich um Manuel zu kümmern.

Er hatte das Gefühl, dass Nina Tag für Tag immer mehr in ihre Traumwelt des Chatforums abglitt. Er hätte gerne mehr über TonyL7 erfahren, aber Nina machte ein großes Geheimnis, sowohl um den Chat, als auch um diesen Kerl - und außerdem ging es ihn ohnehin nichts mehr an.

Es war ein kalter Wintertag. Ein wenig von dem Schnee, den der Himmel gestern Nacht freigegeben hatte, war sogar liegengeblieben. Roland war gerade dabei, den elenden Schreibkram zu erledigen - unter anderem hatte er gerade den Bericht vom Fall Caroline E. abgetippt und diesen Kriminalrätin Dr. Natalie Coenen gemailt - als das Telefon klingelte.

„K11 Mosbach, Saalberger", meldete er sich.

„Hallo hier ist Frau Schönhuber, bin ich richtig bei dem Mann von Nina Saalberger?", die Frau klang aufgeregt. Roland bejahte. Ihm fiel ein, dass dies die Nachbarin war, und wollte wissen, was er für sie tun könne. Frau Schönhuber erklärte ihm, dass der kleine Manuel seit über dreißig Minuten schrie und Nina die Tür nicht öffnete. Roland versprach ihr, sofort zu kommen, und bedankte sich für ihren Anruf. Er ließ auf dem Schreibtisch alles stehen und liegen und stürzte ins Nebenzimmer. Nach kurzer Absprache mit Dr. Natalie Coenen setzte er sich in sein Auto und raste zu Ninas Wohnung. Er klingelte Sturm, doch tatsächlich öffnete niemand. Kurzerhand beschloss er, bei Frau Schönhuber zu klingeln. Mithilfe ihrer ec-Karte öffnete er die Tür; seinen Elektropick hatte er in der Eile und Sorge im K11 vergessen.

Schon als er den Flur betrat, hörte er Manuels Weinen. Es kam aus dem Wohnzimmer. Er rannte ins Zimmer, Manuel lag in der Wiege. Nina musste ihn aus dem Bettchen genommen haben. In Roland keimte die Hoffnung auf: Hatte Nina etwa endlich eine echte Bindung zu ihrem Sohn zugelassen? Doch die Hoffnung erstarb schneller, als sie gekommen war. Denn Nina befand sich auf der Couch in einer Position, die man als halb sitzend, halb liegend bezeichnen konnte, wohl eher letzteres. Auf dem Glastisch vor ihr lag eine leere Tablettenrolle. Prosoxyzyladronin hieß das Zeug. In den 80ern war dieses Prosoxyzyladronin ursprünglich als Beruhigungsmittel eingestuft worden; da es jedoch auch andere Nebenwirkungen, wie zum Beispiel Herzrhythmusstörungen, Übelkeit und Kopfschmerzen hervorrufen konnte und da durch verschiedene Tests und Studien belegt worden war, dass Prosoxyzyladronin abhängig machte, war es 1990 aus dem Verkehr gezogen worden. Es war jedoch nicht illegal, und Leute, die süchtig danach waren, wussten auch, wie und wo man es erhielt: zum Beispiel im Internetportal „Weisser Himmel". Dort tauschten sich „Gleichgesinnte" oder auch Süchtige über ihre Erfahrungen mit dem Präparat und ihr Leben aus.

Nina sah Roland an, ihre Augen waren glasig, die Lider flackerten und an ihrer Lippe klebte Blut. Nina trug ein weinrotes Top und abgerissene Jeans. Sie sah entsetzlich dünn und schwach aus, fand Roland. Und doch tat sie ihm nicht leid. Ihre Lippen bewegten sich, so als wollte sie etwas sagen, doch es drang kein Laut aus ihrem Mund. Sie hatte die Hände auf ihrem Bauch gefaltet und sah teilnahmslos zu, wie Roland den schreienden Manuel, der ganz offensichtlich Hunger und, dem Geruch nach zu urteilen, offenbar auch eine volle Windel hatte, aus der Wiege nahm. Er machte Manuel frisch und zog ihn um. Anschließend machte er seinem Sohn sein Fläschchen. Der Kleine war tatsächlich völlig ausgehungert! Nachdem Manuel gegessen hatte, trug Roland ihn durchs Treppenhaus nach unten. Erst, als er unten im Haus vor der Eingangstür stand, holte er sein Handy hervor und rief anonym den Krankenwagen.

Danach verließ er das Haus und ging mit Manuel zu Irmgard.

Er musste mit jemandem reden! Ihr erzählte er, welch schreckliche Situation er gerade eben bei Nina erlebt hatte. Zu wem sollte Roland auch sonst gehen? Ninas Eltern waren, lange bevor Roland sie kennengelernt hatte, bei einem Autounfall ums Leben gekommen. Auch Roland war Halbwaise; Rolands Mutter hatte die Familie verlassen, als Roland noch ein Baby war, und sein Vater war sehr früh durch einen Sturz aus dem Fenster gestorben. Roland war deshalb bei der Schwester seiner Mutter aufgewachsen, doch auch sie war bereits verstorben – an Krebs, gerade, als er mit

Isabelle zusammengekommen war. Das Bild - Nina völlig zugedröhnt auf dem Sofa, den schreienden, völlig ausgehungerten gemeinsamen Sohn Manuel in der Wiege neben dem Sofa - würde wohl nie aus seinem Kopf verschwinden!

Irmgard hörte ihm zu und versprach ihm, gerne bei der Betreuung von Manuel zu helfen. Im Gegenzug würde er Reparaturarbeiten in und an ihrem Haus erledigen. So würden sie sich gegenseitig beistehen! Dieses Wissen tat ihm gut, es erleichterte ihn. Denn irgendwie hatte er das Gefühl, dass die Entfernung, sowohl zwischen Nina und ihrem Kind, als auch zwischen Nina und ihm, immer größer wurde...

Einen Tag später:

Nina hatte das Krankenhaus auf eigene Verantwortung verlassen und war nach Hause gegangen. Roland hatte den Sohn versorgt und zum Mittagessen Spaghetti gekocht. Nina hatte allerdings scheinbar beschlossen, jegliche Nahrungsaufnahme zu verweigern.

„Bitte, iss etwas", bat Roland, „das geht doch so nicht weiter!"

Doch sie saß andauernd nur an ihrem Laptop oder tippte etwas in ihr Handy. Roland fragte, ob sie denn auch die Handynummer von diesem TonyL7 hatte. Sie bejahte. Plötzlich piepte ihr Handy. Hektisch entsperrte sie das Gerät und tippte mit einem breiten Lächeln im Gesicht darauf herum. Manuel quengelte leicht, Roland kochte einen Fencheltee, ließ diesen erkalten und füllte die Flüssigkeit in das Fläschchen. „Vielleicht hat er Bauchschmerzen", äußerte Roland.

„Was?", Nina blickte erschrocken vom Display auf.

„Unser Sohn, du erinnerst dich? Vielleicht hat er Bauchschmerzen", Roland starrte sie entgeistert an.

„Mhm, das ist möglich. Am besten du gehst mit ihm zum Arzt", schlug sie vor.

„Das geht nicht. Ich muss heute Nachmittag ins K11. Aber du könntest mit ihm gehen", entgegnete er.

Sie nickte, schien aber mit den Gedanken völlig woanders zu sein.

„Ruf mich an, wenn ihr dort wart und sage mir, was der Arzt gesagt hat, ja?", vergewisserte er sich.

„Ja", Nina hatte sich wieder ihrem Handy zugewandt.

Plötzlich wurde ihr schwindelig und übel. Roland blickte sie an, sie klammerte sich Halt suchend an der

Küchenzeile fest und aus ihrem Mund drang ein Schmerzenslaut.

„Alles in Ordnung?", fragte Roland besorgt.

„Ja, ja, alles bestens."

Roland legte Nina die Hand auf die Schulter. Sie atmete aus. Plötzlich schwankte sie und drohte wieder umzufallen.

„Nina, irgendetwas stimmt doch nicht", Roland ließ nicht locker.

„Na schön, okay. Mir ist schwindelig und übel", gab sie zu und suchte in ihrer Hosentasche nach dem kleinen, runden Tablettenröhrchen. Sie öffnete mit zitternder Hand das Döschen und nahm eine Tablette mit einem Schluck Wasser ein. Roland war aufgefallen, dass man diese Tabletten durch ihre Größe und Form von der herkömmlichen Medizin sehr gut unterscheiden konnte: Denn Prosoxyzyladronin-Tabletten waren meist weiß, oval, sehr flach und hatten eine pulvrige Oberfläche.

„Und du glaubst, diese Tabletten helfen dir?", hatte Roland nachgehakt.

„Ich brauche sie zum Leben, ich fühle mich dadurch fitter und kann den Alltag besser ertragen", hatte Nina

erklärt und ihre Augen hatten einen merkwürdigen Glanz angenommen.

In diesem Moment war Roland etwas klar geworden: Nina sprach nicht nur, als sei sie süchtig, nein, seine Frau war bereits im Strudel der Sucht gefangen. Wieso hatte er von all dem nichts mitbekommen? Warum hatte er nicht versucht, ihr zu helfen? Er hatte bereits im Internet Informationen zu den Tabletten gegoogelt und ihm war klar, wie gefährlich sie waren. Auch hatte er in Google einige Erfahrungsberichte auf Blogs von Angehörigen und von Süchtigen selbst gefunden. Ninas Verhaltensweise passte genau zu den Einträgen im Netz und er erkannte, dass seine Frau tatsächlich süchtig war.

In den darauffolgenden beiden Tagen hatte Nina beharrlich weiter die Nahrungsaufnahme verweigert, was einen leichten Schwächeanfall zur Folge hatte. Daraufhin war sie mit Roland in einen heftigen Streit geraten, bei dem dieser ihr vorgeworfen hatte, dass ihr diese scheiß Tabletten wichtiger seien als ihr eigener Sohn.

Die Nacht vom 13. auf den 14. Februar, Valentinstag:

In dieser Nacht hatte Nina für sich einen Entschluss gefasst: TonyL7, der mit bürgerlichem Namen Tony Morales-Diaz hieß, hatte ihr angeboten, sie könne zu ihm und seinem Sohn nach Hamburg ziehen; soeben hatte sie sich spontan entschlossen, dieses Angebot anzunehmen. Sie schrieb Roland einen Brief und buchte über das Internet den Nachtflug; anschließend warf sie ihre Klamotten in die große Reistasche, legte den Hausschlüssel auf die Küchenablage und zog die Haustür hinter sich ins Schloss. Roland, der auf dem Sofa schlief, bekam von alldem nichts mit.

Als Roland am Valentinstag erwacht war, schien es auf den ersten Blick ein Morgen wie jeder andere zu sein. Roland reckte sich gähnend und verfluchte zum wiederholten Male den unbequemen und wenig erholsamen Schlaf auf Ninas Couch. Dann hatte er nach Nina gerufen. Doch es war still geblieben. Und dann hatte er den Brief und Ninas Hausschlüssel auf der Ablage im Hausflur entdeckt. Sein Herz schlug schneller. Mit der einen Hand hielt er den Schlüssel fest umklammert, in der anderen hielt er den noch verschlossenen Brief. Er atmete tief durch, dann öffnete er das Kuvert.

Blaues Briefpapier, mit blauer Tinte beschrieben, kam zum Vorschein:

Hallo Roland,

mir geht es im Augenblick nicht besonders gut. Ich fühle mich in meinem jetzigen Zustand nicht in der Lage, Manuel die Mutter zu sein, die er braucht. Ich bin davon überzeugt, du wirst gut für ihn sorgen. Ich werde nach Hamburg gehen. Wenn du diesen Brief liest, wird es bereits zu spät sein. Du wirst mich nicht mehr aufhalten können, also versuche es besser erst gar nicht. Du verschwendest nur unnötig deine

Fassungslos starrte er auf ihre Zeilen. Die heiße Wut überkam ihn und setzte sich in jeder einzelnen Muskelfaser seines Körpers fest. Dieses Papier mit Worten, er zerknüllte es, mehr war dieses Schreiben nun nicht mehr für ihn, nur ein wertloses Stück Papier mit Buchstaben, bedeutungslos und doch so unglaublich real; er warf das Knäuel in eine Ecke der Küche. Roland rutschte am Schrank hinunter.

Mit einem Schlag wurde ihm die ganze Tragweite bewusst: Nina war gegangen, sie hatte ihn und den gemeinsamen Sohn im Stich gelassen! Roland vermutete, dass sie sich in Hamburg mit diesem Tony treffen würde.

Plötzlich hatte Manuel geschrien und Roland aus seinen Gedanken gerissen. Roland hatte ihm die Windel gewechselt, ihn umgezogen und ihm ein Fläschchen gegeben.

Anschließend hatte er Irmgard angerufen und gefragt, ob er vorbeikommen könne, und sie hatte zugestimmt. Bei Irmgard angekommen, hatte er ihr erst einmal von allen Geschehnissen um Nina berichtet.

Er hatte sie gebeten, kurz auf Manuel aufzupassen, während er ins K11 gefahren war, um mit seiner Chefin, der Kriminalrätin Dr. Natalie Coenen zu sprechen. Roland Saalberger hatte seiner Chefin erklärt, dass er mit sofortiger Wirkung kündigen müsse, da er nun seine komplette Zeit für seinen Sohn bräuchte. Er würde sich deshalb als Privatermittler selbstständig machen. Die Zusatzausbildung dazu hatte Roland bereits auf der Polizeischule, damals mit Isabelle. erlangt.

Dr. Natalie Coenen war zwar wenig begeistert gewesen, ihren besten Mitarbeiter gehen zu lassen, mit dem sie auch eine Affäre verband, aber dennoch hatte sie ihn ein hervorragendes Führungszeugnis ausgestellt.

In den darauffolgenden Tagen hatte Roland schließlich ein günstiges Gebäude in Dunkeltal, einem Stadtteil von Mosbach, gefunden, in dem er sein Büro für Private Ermittlungen hatte einrichten können. Er hatte mit Plakaten, Flyern und einer kleinen Einweihungsparty für seine Dienstleistung geworben. Bei all diesen Unternehmungen hatte er Manuel im Tragetuch bei sich. Mittlerweile hatte er tatsächlich einen guten Kundenstamm zusammenbekommen. Seine Kunden waren sehr oft Männer, die wissen wollten, ob ihre Frau untreu war - oder aber andersherum Frauen, die über die Treue ihrer Männer Gewissheit erlangen wollten.

Roland stand am Bett seines Sohnes und verscheuchte die Gedanken an seine Vergangenheit. Er nahm Manuel aus seinem Bettchen, fütterte ihn, wechselte seine Windel und zog ihn an. Er hatte mehrere Versuche mit Tagesmüttern und Babysittern hinter sich, die jedoch alle nicht funktioniert hatten. Nach langem Hin und Her beschloss er, doch wieder Irmgard anzurufen, um sie zu bitten, auf Manuel aufzupassen, während er Büroarbeiten erledigte. Obwohl heute Feiertag war, Ostersonntag, hatte er sich vorgenommen, noch etwas Papierkram wegzuschaffen. Das Freizeichen ertönte.

„Guten Morgen", begrüßte er Irmgard freundlich.

„Morgen", Irmgard klang aufgewühlt und abgehetzt.

„Alles in Ordnung?", fragte Roland besorgt.

„Ja, sicher", log sie, denn sie fühlte sich seit einiger Zeit beobachtet - doch das wollte sie ihm lieber nicht am Telefon sagen.

„Ich wollte dich bitten, auf Manuel aufzupassen, denn ich muss noch einige Berichte schreiben - und man weiß ja nie, vielleicht kommt noch ein Auftrag rein", Roland klang hoffnungsvoll.

„Klar. Wolltest du den kleinen Mann jetzt vorbeibringen?"

„Gerne. Vorausgesetzt, du hast Zeit?", erkundigte sich Roland.

„Aber sicher. Bis gleich", Irmgard legte auf.

Roland setzte seinen Sohn in den Maxi-Cosi, schnallte ihn darin fest und trug ihn zum Auto. Er drückte auf die Fernbedienung des Autoschlüssels, öffnete die Beifahrertür und stellte Manuel entgegen der

Fahrtrichtung auf den Beifahrersitz und schnallte den Maxi-Cosi mit dem Gurt fest. Anschließend überprüfte er, ob er den Airbag ausgeschaltet hatte, was der Fall war. Danach stieg er ein und fuhr los.

Dreiunddreißig Minuten später waren beide bei Irmgard angekommen. Roland klingelte, den Maxi-Cosi mit Manuel in der Hand. Irmgard öffnete die Haustür.

„Hallo ihr beiden, na, alles klar? Kommt doch herein", bat Irmgard.

„Hallo, ja soweit, danke. Und bei dir?", erwiderte Roland und trat ein. Er hatte ihre merkwürdige Stimmung von vorhin nicht vergessen.

„Gerne. Naja, ich weiß es nicht so recht, aber darüber können wir ja heute Abend beim Essen in Ruhe sprechen, frohe Ostern euch beiden übrigens."

„Danke, das wünschen wir dir auch", Roland sprach auch stellvertretend für Manuel.

„Ich hoffe, du bist nicht böse, ich habe für Manuel ein kleines Ostergeschenk besorgt. Das gibt es aber erst heute Abend, wenn wir hier gemeinsam essen. Ich habe mir überlegt, ich mache Lamm mit Ofenkartoffeln und Gemüse, dazu gibt es eine

Rotweinsoße. Und für dich, Manuel, gibt es ein Fläschchen", eröffnete Irmgard ihnen freudig.

„Mhm, das hört sich lecker an", Roland lief schon jetzt das Wasser im Munde zusammen. Das brachte ihn auf die Idee, dass er dann wohl auch noch Ostergeschenke besorgen musste, sowohl für Manuel, als auch für Irmgard. Manuel würde er einen Stoffhasen schenken, aber für Irmgard fehlte ihm noch die passende Idee.

Irmgard legte Manuel auf die rote Krabbeldecke mit den blauen Bärchen darauf, die früher Isabelle gehört hatte.

„Also, ich muss dann auch los", meinte Roland.

„Alles klar, bis dann", Irmgard war nur noch mit Manuel beschäftigt, kitzelte seinen Bauch und sah kaum auf, als Roland das Haus verließ, um in sein Auto zu steigen und davon zu fahren.

Plötzlich war ein Blitz zu sehen, und das Geräusch eines Foto-Auslösers war zu hören. Manuel blickte Irmgard mit großen Augen an. Seine kleinen Finger umklammerten ihren Zeigefinger mit einer unglaublichen Kraft. Wer zur Hölle fotografierte sie? Und warum? Hatten sich etwa einige Jugendliche einen Scherz erlaubt? Irmgard beschlich ein merkwürdiges Gefühl, welches sie jedoch zu ignorieren versuchte; stattdessen warf sie Rolands

Sohn einen Beißring auf die Decke, den Manuel gleich festhielt.

Im Haus von Familie Fery herrschte Hektik. Ausgerechnet jetzt fiel Sigrid ein, dass sie den Boden noch hatte wischen wollen, bevor sie mit Günter in den Urlaub nach Griechenland fliegen würde. Dort wollten Sigrid und Günter ihre Ehe retten. Günter hatte seine Frau bereits mehrfach betrogen. Doch jetzt war Sigrid völlig überraschend nochmals schwanger geworden und daher hatten beide beschlossen, es noch einmal miteinander zu versuchen. Der Urlaub sollte ein richtiger Neubeginn sein. Während Sigrid den Boden putzte, verstaute Günter die restlichen Kleidungsstücke und Badezimmer-Utensilien im Koffer.

„Hast du die Flug-Tickets?", fragte Sigrid keuchend, nachdem sie mit Putzen fertig war.

„Ja, ich habe alles eingesteckt", versicherte Günter.

Er trug den Koffer zu seinem silbergrauen BMW 3, verstaute ihn ordnungsgemäß im Kofferraum und fuhr anschließend, mit Sigrid auf dem Beifahrersitz, los. Als er den Motor anließ, trällerten ihnen die 'Backstreet Boys' mit 'One Phone Call' entgegen.

„Muss das sein, die *'Backstreet Boys'*?“, stöhnte Günter genervt. Diese Musik entsprach einfach nicht mehr seinem Alter, er stand auf *SWR 4* und *Ute Freudenberg* zum Beispiel.

Vor achtzehn Jahren war Sigrid mit ihrer Tochter Sandra auf deren Wunsch in das Konzert der Boygroup gewesen. Sigrid war wie einige andere Elternteile von schreienden Teenies beinahe erdrückt worden.

„Tja, Sandra war nun mal zuletzt mit deinem Auto unterwegs. Und ich mag die Musik“, Sigrid fror mal wieder entsetzlich, sie hatte die normale Heizung und sogar die Sitzheizung eingeschaltet. Sigrid kramte ihr Handy aus ihrer braunen Manteltasche hervor.

„Keine SMS von Sandra“, murmelte sie traurig.

„Unsere Tochter ist fast dreißig Jahre alt, wir haben ihr heute Morgen ein frohes Osterfest gewünscht und gesagt, dass sowohl meine Mutter Anne-Marie, als auch meine Brüder Bernhard und Norbert und meine Schwester Mila für sie da sein werden, falls etwas passieren sollte. Also mach dir bitte nicht allzu viele Sorgen, okay? Ach, was ich dich noch fragen wollte, weißt du eigentlich schon, was es wird?“, Günter wirkte plötzlich ganz aufgeregt.

„Ja, ich war gestern noch einmal bei meinem Gynäkologen, auch um mir ein ärztliches Attest zu holen, welches bescheinigt, dass ich noch fliegen darf. Er hat auch gleich eine Sonographie gemacht, mit dem Baby ist alles in bester Ordnung und..." Sigrid zögerte, bevor sie weitersprach, „...es wird ein Mädchen. Ich hoffe, du bist nicht enttäuscht?"

Günter blickte sie kurz von der Seite an, völlig verständnislos: „Enttäuscht, warum denn enttäuscht?", hakte er nach.

„Ich dachte, du hättest dir einen Jungen gewünscht", vermutete Sigrid.

„Ich bin mit allem glücklich und zufrieden!", jetzt hätte Günter sie am liebsten geküsst, doch er musste sich auf den Verkehr konzentrieren. Die Autobahn war an diesem Morgen bereits stark befahren.

„Sag mal, wie sieht es eigentlich mit Namensideen aus? Hast du welche?", fragte Sigrid.

„Was hältst du von Tanja, Mia oder Pia?", schlug Günter vor.

„Nicht schlecht. Und was ist mit Jessica, Johanna oder Nadine?", entgegnete Sigrid.

„Jessica und Nadine finde ich auch schön", Günter lächelte und streichelte kurz über ihren gewölbten Bauch.

„Wir können ja noch ein bisschen darüber nachdenken, einige Monate haben wir ja noch Zeit", Sigrid lächelte kurz.

„Was hältst du davon, wenn wir Saalberger anrufen, und ihm schöne Ostern wünschen?", schoss es ihr plötzlich in den Kopf.

„Das ist eine sehr gute Idee", stimmte Günter ihr zu, und sie wählte Saalbergers Handynummer.

Privatermittler und Ex-Kommissar Roland Saalberger saß in seinem Ermittler-Büro in Dunkeltal. Das Büro war eher schlicht gehalten, mit dunklen Holzmöbeln, einem cognacfarbenen Chefsessel, diversen Regalen und Aktenschränken. Roland Saalberger erledigte gerade seine Büroarbeiten und beantwortete die eingegangenen E-Mails. Anschließend schrieb er den Bericht vom letzten Fall. Plötzlich klingelte sein Mobiltelefon: seine Ex-Kollegin Sigrid Fery. Er hob ab.

„Guten Morgen, Frau Fery", grüßte er sie.

„Hallo, Herr Saalberger. Ich sitze gerade neben Günter im Auto, wir sind auf dem Weg zum Flughafen, wir wollen nach Griechenland fliegen. Und jetzt rufen wir

Sie an, weil wir Ihnen noch vorher ein frohes Osterfest wünschen möchten", erklärte Sigrid.

„Danke, dass wünsche ich Ihnen und Ihrem Mann auch", meinte Saalberger.

„Vielleicht können wir uns ja mal treffen, wenn wir zurück sind", schlug Sigrid vor.

„Sehr gerne."

„Wissen Sie eigentlich, was mit Kommissar Barke geschieht; gibt es Neuigkeiten bezüglich des Prozesstermins?", wollte Sigrid wissen.

„Ja, am letzten Freitag kam der Brief. Der Termin ist schon übermorgen, am Mittwoch, dem 3. April", erwiderte Roland Saalberger.

„Sie nehmen als Nebenkläger teil, nicht wahr?", löcherte Sigrid ihn.

„Ja", meinte Roland und dachte sich dabei: *Aber das ist noch nicht alles, ich werde Informationen über Frank suchen und mich dann ihm rächen. Dafür, dass er uns alle getäuscht hat, beim Entführungsfall meiner Tochter Caroline schlampig ermittelt hat und schließlich einen Mörder hat laufen lassen.* Frank Barke saß momentan in Haft.

„Ich hoffe, Sie können nach dem Prozess endlich Ihren Frieden finden, Ihrer toten Tochter zuliebe", erwiderte Sigrid.

Meinen Frieden werde ich erst finden, wenn ich meinen Rachefeldzug durchgeführt und vollendet habe, dachte sich Roland. Er entgegnete jedoch: „Vielen Dank. Ja, das hoffe ich auch," und er fügte in verbindlichem Tonfall hinzu: „Ach, Frau Fery, wegen dem Treffen, rufen Sie mich doch am besten einfach an, wenn Sie wieder da sind, ich bin sicher es lässt sich so einrichten, dass es für alle Beteiligten passt. Mich würde es jedenfalls sehr freuen."

„Gut, so machen wir es. Bis dann."

„Bis dann, und noch einen erholsamen Urlaub", wünschte Roland.

„Danke", Sigrid legte auf.

Minutenlang saß Roland starr da. Das Telefonat mit Sigrid hatte ihm seine Rachepläne gegen Frank Barke lebhafter denn je vor Augen geführt. Es würde nicht einfach werden, aber, da war sich Roland Saalberger ganz sicher, er würde seine Rache bekommen, früher oder später.

Im *Jahr 2008* war Frank Barke noch Oberkommissar gewesen und der Entführungsfall von Rolands Tochter Caroline fiel in sein Aufgabengebiet. Doch Frank hatte die Suche nach dem entführten zweijährigen Mädchen einfach abgebrochen und dann noch Roland und Isabelle gegenüber behauptet, diese Anweisung von Kriminalrätin Dr. Natalie Coenen erhalten zu haben. Und Dr. Natalie Coenen wiederum hatte er erzählt, dass Roland und Isabelle ihn gebeten hatten, die Ermittlungen einzustellen.

Herausgekommen war alles erst bei den Ermittlungen des letzten Falles. Bei der dortigen Vernehmung hatte er zugegeben, dass ihm der Fall Caroline E. auf die Nerven gegangen war. und er sich nur auf seine beiden Geliebten, Rechtsmedizinerin Dr. Karin Servas und deren Schwester, Kommissarin Kerstin Flamminger, die erschossen worden war, hatte konzentrieren können. Dadurch hatte er einen Verbrecher laufen lassen. Mit Karin hatte er eine vierjährige Tochter namens Celine, die vor nicht allzu langer Zeit ihrem schweren Asthma erlegen war. Diese Begebenheit hatte Karin und Frank endgültig entzweit.

Kriminalrätin Dr. Natalie Coenen schreckte schweißgebadet aus dem Tiefschlaf hoch. Ihr Herz raste und pochte wie wild. Sie fuhr sich mit den Händen über das Gesicht und musste erst einige Male tief durchatmen, um sich zu beruhigen. Den gleichen Traum, der sie soeben aus dem Schlaf gerissen hatte, hatte sie in den letzten Wochen schon mehrfach geträumt: *Sie war schwanger gewesen, Mark war der Mann an ihrer Seite und der Vater des Kindes gewesen. Beide hatten sich sehr auf das Kind gefreut und sogar verlobt waren sie gewesen. Das Kind war geboren worden und sie waren eine glückliche Familie gewesen. Doch plötzlich war die Wiege leer gewesen und Mark war verschwunden.*

Natalie war speiübel und sie hatte wahnsinnige Kopfschmerzen. Langsam setzte sie sich im Bett auf. Eine Welle des Schwindelgefühls überrollte sie, und sie war für einen Moment versucht, sich sofort wieder hinzulegen. Doch sie hielt der Versuchung stand und erhob sich. Dann nahm sie erst einmal eine eiskalte Dusche. Anschließend zog sie sich an, trank ein Glas eiskalten Orangensaft und machte sich auf den Weg ins Büro, um in Ruhe die Ablage zu machen.

Roland Saalberger hatte noch immer mit seinen Büroarbeiten und dem alten Ermittlungsbericht zu tun. Er konnte sich irgendwie nicht recht auf das Abtippen konzentrieren. Daher beschloss er, stattdessen auf seiner früheren Dienststelle anzurufen, um so möglicherweise Informationen über Frank Barke einholen zu können, welche ihm von Nutzen sein könnten. Es klingelte endlos lange, dann endlich hob Natalie ab.

„Coenen, Kriminalrätin K11 Mosbach", meldete sie sich routiniert.

„Hey Natalie, ich bin es Roland. Auch schon wieder fleißig am Feiertag?"

„Ja, du weißt ja, einen trifft es immer mit dem Bereitschaftsdienst", seufzte Natalie.

„Hast du morgen Abend schon etwas vor?", fragte er.

„Nein ich habe nichts vor, warum?", sie war neugierig geworden.

„Ich dachte, wir könnten bei mir zu Hause behaglich essen, ein bisschen Champagner trinken und es uns einfach gemütlich machen", schlug er vor.

„Das klingt vielversprechend, ich komme sehr gerne. Ich wollte mich ohnehin mal wieder mit dir treffen", sie klang begeistert. Dann aber fiel ihr ein: „Was ist denn mit Manuel?"

„Schön, wenn ich dir damit eine Freude machen kann. Ich bin heute Abend mit Manuel bei Irmgard zum Osteressen eingeladen und da dachte ich, bei dieser Gelegenheit könnte ich sie bitten, morgen Abend auf Manuel aufzupassen", trug er seine Pläne vor.

„Schön, dann morgen Abend so um *19:00 Uhr* bei dir?", vergewisserte Dr. Natalie Coenen sich.

„Ja, bis dann."

„Bis morgen", sie legte auf.

Nach dem Telefonat mit Natalie saß Roland eine Weile da und dachte nach:

Es war er gewesen, der die Affäre schließlich beendet hatte, und dann hatten sie sich aus den Augen verloren. Aber als Rolands Tochter tot aufgefunden worden war, hatte das Schicksal sie wieder zusammen geführt. Natalie hatte Roland erzählt, dass sie, nachdem sie sich getrennt hatten, von Mark schwanger wurde. Sie verlor das Baby und Mark trennte sich von ihr. Langsam dämmerte Roland, was Natalie sich von dem Essen eventuell versprechen könnte... genau wie er selbst. Roland zwang sich, locker zu bleiben, und das Essen erst einmal abzuwarten. Doch wenn es hart auf hart kommen würde, war er bereit, Natalie das zu geben was sie wollte, mit allen Konsequenzen; wenn sie ihm dafür das gab, was er für seinen Racheplan benötigte.

Natalie lächelte still vor sich hin, dieser Anruf kam ihr gerade recht. Sie hörte ihre biologische Uhr immer lauter ticken, denn sie wünschte sich unbedingt ein Baby. Vielleicht wäre Roland Saalberger genau der richtige Vater! Könnten sie es nicht nochmals miteinander versuchen? Wäre es nicht eine Win-Win-Situation für beide, wenn Manuel dann wieder eine Mama hätte? Warum nur hatte er damals mit ihr Schluss machen müssen?!

Sigrid und Günter waren mittlerweile am *Flughafen Frankfurt* angekommen, ihre Maschine sollte auf Gate 1 abfliegen. Sigrid hatte gelesen, der Flug würde ungefähr 3 Stunden und 10 Minuten dauern, das hieße, sie würden um *14:55 Uhr* landen. Plötzlich klingelte Sigrids Handy: ihre Tochter Sandra. Sigrid hob ab.

„Hallo Schätzchen", begrüßte sie ihre Tochter freudig.

„Hey, na, alles in Ordnung bei euch?", wollte Sandra wissen.

„Ja, wir warten gerade aufs Einchecken und bei dir? Was machst du?", erkundigte sich Sigrid.

„Ah, okay. Dann hab ich euch ja gerade noch recht-zeitig vor dem Abflug erwischt! Klar, bei mir ist auch alles in Ordnung. Ich wollte mir später noch eine CD kaufen und dann mal schauen, ob meine Freundinnen Zeit für mich haben, vielleicht gehen wir erst einmal ein bisschen shoppen, also Klamotten, versteht sich, und dann könnten wir noch irgendwo Cocktails trinken", berichtete Sandra von ihren Plänen.

„Das hört sich toll an", erwiderte ihre Mutter und erkundigte sich: „Waren Mila, Norbert, Bernhard, oder Anne-Marie schon da?"

Sie hörte Sandra am Handy aufstöhnen: „Ja, Mama, alle außer Bernhard waren schon da!" Sandra klang sichtlich genervt: „Weißt du, Mama, ich habe absolut nichts dagegen, wenn Oma Anne-Marie oder Tante Mila und Onkel Norbert vorbeikommen, aber bitte nicht so kurz hintereinander, ich bin doch kein kleines Kind mehr! Fehlt nur noch, das Onkel Bernhard jetzt auch noch auftaucht!"

Sigrid musste ein Lächeln unterdrücken. „Am besten, du machst ihnen selbst klar, dass du kein Kindergarten-Kind mehr bist", schlug sie ihrer Tochter vor.

„Ich versuche es", Sandra klang entschlossen.

Da wurde der Schalter geöffnet. „Sandra, wir müssen auflegen, unsere Maschine fliegt gleich, wir melden uns, bis dann", beeilte sich Sigrid, das Gespräch zu beenden.

„Bis dann und guten Flug", auch Sandra legte auf.

Sigrid und Günter stiegen ein und Sigrid zeigte der Stewardess ihre ärztliche Bescheinigung, die ihr das

48

Fliegen erlaubte. Die Stewardess nickte. Kaum war das Flugzeug in der Luft, hielt Günter bereits einen Becher mit Petersilien-Creme und ein Stück Baguette in den Händen. Sigrid lächelte; es war immer das Gleiche: immer, wenn sie im Flugzeug gewesen waren, hatte Günter als allererstes etwas gegessen. Sigrid seufzte wohlig, lehnte sie sich lächelnd im Sitz zurück und schloss die Augen.

🔫 🔫 🔫 🔫 🔫 🔫 🔫 🔫 🔫

Irmgard bereitete gerade das Mittagessen zu. Sie machte für Manuel sie ein Fläschchen warm, sich kochte eine Gemüsesuppe. Dazu schnitt sie Fenchel, Knollensellerie, Karotten, eine Gemüsezwiebel und Lauch klein, das ganze schwitzte sie in Butter an und würzte die Mischung mit Salz und Pfeffer. Während das Gemüse dünstete, füllte sie drei Löffel Milchpulver in die Flasche und gab Wasser hinzu. Sie schraubte den Sauger auf das Fläschchen und schüttelte kräftig. Anschließend hob sie es an ihre Wange, um die Temperatur zu kontrollieren. Noch etwas zu heiß, aber wenn sie die Gemüsesuppe fertig gekocht hatte, würde auch das Fläschchen soweit abgekühlt sein, dass sie es Manuel problemlos geben konnte, ohne dass der Säugling sich den Mund daran verbrannte.

Plötzlich fing Manuel an zu weinen. Irmgard stellte den Herd eine Stufe niedriger ein und ging zu ihm hinüber. Sie kniete sich neben ihn auf die Decke.

„Na, was ist denn los?", fragte sich lächelnd und kitzelte mit ihren Fingern Manuels Bauch.

Er juchzte, gluckste und strampelte kräftig mit den Beinchen. Plötzlich fiel ihr ein, dass sie Isabelles Mobile noch im Schlafzimmer aufbewahrt hatte, es stand mittlerweile hinter dem Schrank, in einem Karton. Sie holte es hervor und baute es in der Küche auf. Behutsam nahm sie Manuel in die Arme und ging mit ihm am großen, von zwei Vorhängen behangenen Küchenfenster vorbei. Plötzlich hörte sie das Geräusch eines Foto-Auslösers, sofort blitzte es - das ging mehrmals hintereinander so weiter. Irmgard hielt Manuel schützend die Hände vors Gesicht, er zitterte ein wenig, begann zu weinen und sich in ihren Armen zu winden. Das Blitzlicht und das Geräusch des Auslösers behagten ihm gar nicht - außerdem war der Blitz für seine Augen äußerst unangenehm und schädlich.

Irmgard allerdings schwirrte etwas ganz anderes im Kopf herum, nämlich tausend Fragen: Wer fotografierte sie und warum? Ging es überhaupt um sie? Oder wollte jemand irgendetwas von dem kleinen, unschuldigen Manuel? Bei diesem Gedanken krampfte sich Irmgards Magen zusammen und sie spürte, wie die Reste ihres Honig-Toasts, den sie zum Frühstück gegessen hatte, vermischt mit Magensäure, ihre Speiseröhre empor stiegen. Sie presste ihre Hand vor den Mund und murmelte zu Manuel, der gerade vor sich hin strampelte „Ich bin sofort wieder da"; sie hatte das Gefühl, dass Manuel sich mit dieser Erklärung sicherer fühlen würde. Sie legte ihn in den Maxi-Cosi und rannte ins Badezimmer. Dort riss sie den Toilettendeckel auf und übergab sich würgend und hustend. Kalter Schweiß lief ihr über die Stirn. Sie spülte ihren Mund aus und fuhr sich anschließend mit einem nassen Waschlappen über das Gesicht.

Als sie Manuel weinen hörte, trocknete sie hastig ihr Gesicht ab und warf einen Blick in den Spiegel: Sie war Irmgard Engel, und Irmgard Engel würde sich nicht einschüchtern lassen, von nichts und niemandem! Strammen Schrittes ging sie zurück zu Manuel, der noch immer weinte und mit den Beinchen strampelte. Sie beruhigte ihn und gab ihm seinen Schnuller. Das Gemüse im Topf war inzwischen weich gekocht, sie goss ein bisschen Kochwasser ab, schaltete die Herdplatte aus, gab Sahne zu der Suppe und pürierte sie. Manuel fand das Geräusch des Pürierstabes offensichtlich gar nicht störend, sondern eher lustig, denn er lachte, quiekte, strampelte und machte fröhlich eine Bewegung mit den Händen.

„Dir geht's gut, hm, kleiner Mann, ja, dein Papa und ich tun alles dafür, dass es dir gut geht und an nichts fehlt", meinte Irmgard.

Plötzlich klingelte ihr Telefon, und auch den Klingelton fand Manuel offenbar sehr lustig. Irmgard hob ab.

„Hallo, ich bin es, Roland. Ich wollte mal fragen, wie es euch geht? Was macht ihr gerade Schönes?", erkundigte er sich.

„Hallo Roland, uns geht es gut. Ich koche gerade das Mittagessen und Manuel spielt fröhlich unter Isabelles altem Mobile. Er hat sich sehr gefreut, als ich den Pürierstab eingeschalten habe, er hat gelacht und offenbar gefällt ihm das Geräusch", meinte Irmgard. Ihr Atem ging schwer und ihr Lachen klang gezwungen und aufgesetzt, das hatte sie gerade selbst gemerkt.

Auch Roland schien das aufzufallen: „Sag mal, Irmgard, ist alles in Ordnung? Du klingst heute wirklich merkwürdig", stellte er fest.

„Ja, keine Sorge. Manuel geht es gut", versicherte Irmgard schnell.

„Und dir? Bei dir alles in Ordnung?", Roland ließ nicht locker; er hatte das merkwürdige Gefühl, dass Irmgard ihm irgendetwas verschwieg.

„Ja, sicher", Irmgard klang wieder gezwungen.

„Okay, wenn du meinst. Könntest du Manuel bitte das Telefon ans Ohr halten?", bat Roland.

„Natürlich", Irmgard hielt das Telefon an das Ohr von Rolands Sohn, während dieser ihm liebevoll ein paar Worte sagte. Manuel gluckste weiter vor sich hin.

Der Anruf hatte Roland offenbar beflügelt. Nachdem er aufgelegt hatte, blickte er einige Minuten gedankenverloren aus dem Fenster und dachte an seinen wunderbaren, niedlichen Sohn. Dann arbeitete er emsig weiter.

Sigrid hatte fast den ganzen Flug über geschlafen. Als die Maschine wieder Boden unter den Rollen gehabt hatte, hatte Günter seine Frau schließlich geweckt.

„Alles okay bei euch beiden?", wollte er wissen.

„Ja", Sigrid lächelte.

Sigrid und Günter wurden mit einem Taxi zum Hotel gefahren, sie erledigten den Check-in und bezogen ihr Zimmer. Das Hotelzimmer der beiden war sehr groß und nobel. In der Mitte des Zimmers stand ein großes

Bett, von goldener Seidenbettwäsche mit Spitze überzogen. Aus edelstem Holz gefertigt, gehörten auch ein Wandschrank und ein Schreibtisch mit dem dazugehörigen Stuhl zur Einrichtung. Sigrid und Günter gingen erst einmal zum Pool. Während Sigrid es vorzog, sich mit einem Buch und ihrem Handy in den Liegestuhl in die Sonne zu legen, um sich etwas bräunen zu lassen, hatte Günter seine Badehose angezogen und war in den Pool gesprungen.

Als Roland das nächste Mal einen Blick auf die Uhr warf, dachte er entsetzt: Mist! Schon so spät! Und ich habe noch immer kein Geschenk!

Schnell beendete er seine Arbeit und fuhr unterwegs an eine Tankstelle, um eine Schachtel Pralinen, eine Flasche Rotwein und Blumen, verpackt in diesem schrecklichen Cellophan, zu kaufen. Dann blieb ihm noch Zeit, nach Hause zu fahren, um sich zu duschen, zu rasieren und ein frisches Hemd anzuziehen. Anschließend machte er sich zügig auf den Weg zu Irmgard.

Nach Feierabend beschloss Natalie erst einmal, heiß zu duschen. Anschließend rasierte sie sich die Beine, die Achseln und die Bikini-Zone. Dann begann sie mit der Mani- und der Pediküre. Nun legte sie sich auch noch eine Gurkenmaske aufs Gesicht. Um ihren Beauty-Abend schließlich abzuschließen, kochte sie sich eine Tasse thailändischen Tee. Eine Freundin war dorthin gezogen und hatte ihr diesen Tee geschickt. Mit der Tasse in der Hand legte sie sich aufs Sofa und trank einen Schluck.

Auf dem gegenüberstehenden Sofa lag Jakob und las eine Zeitschrift. Die beiden Geschwister waren seit ihrer Kindheit unzertrennlich; und als Natalie zum Dienst nach Mosbach berufen wurde und ihr wenig später die Leitung des K11 übertragen worden war, hatten sie beschlossen, sich gemeinsam eine Wohnung zu nehmen.

„Alles okay?", Jakob blickte auf.

„Ja, sicher."

„Du, ich gehe ins *Café Ludwig*, ein Bier trinken. Wir sehen uns später sicher noch", meinte Jakob und stand auf, um sich die Haare zu kämmen.

„Wohl eher nicht", schüttelte Natalie den Kopf, „ich wünsche dir viel Spaß, aber sei bitte leise, wenn du nach Hause kommst, ja? Ich denke, dass ich dann schon schlafe."

„Ja, ist gut", Jakob nahm seinen Hausschlüssel vom Schlüsselbrett und ging.

Irmgard hatte bereits den Tisch mit der feinsten Tischdecke und dem edelsten Geschirr gedeckt. Das Lamm war butterzart, und Irmgard hatte es zum Warmhalten zu den mit grobem Meersalz und Rosmarin gewürzten Ofenkartoffeln in den Backofen gegeben. Auch das Gemüse im Topf hatte noch leichten Biss. Und die Rotweinsoße war auf den Punkt genau richtig reduziert. Da klingelte es auch schon an der Haustür. Irmgard nahm Manuel auf den Arm und ging zur Haustür, um diese zu öffnen. Manuel saugte an seinem Schnuller, der mit der Schnullerkette an seinem Strampler befestigt war.

„Guten Abend", grüßte Roland sie mit Küsschen auf die Wange, links und rechts. Er überreichte ihr die Blumen und strich Manuel vorsichtig über den Kopf. „Hallo, mein Kleiner. Der Papa ist wieder da", begrüßte er ihn.

„Guten Abend, wir freuen uns, dass du wieder da bist", sprach Irmgard auch stellvertretend für Manuel. Sie gab Roland ebenfalls zwei Wangenküsschen.

„Gib mir Manuel, dann kannst du die Blumen mit Wasser versorgen", streckte Roland die Arme nach seinem Sohn aus. Vorsichtig nahm er ihn in die Arme. Manuel lächelte und quiekte, sodass ihm der Schnuller aus dem Mund fiel.

„Ich habe dich unendlich lieb und werde alles tun, damit es dir gut geht", murmelte Roland und küsste die Stirn seines Sohnes.

Nachdem Irmgard die Blumen mit Wasser versorgt hatte, tischte sie das Essen auf.

„Kann ich etwas helfen?", erkundigte sich Roland.

„Danke, aber hier beim Essen gerade nicht", erwiderte Irmgard.

„Gut, dann öffne ich schon einmal die Weinflasche. Wo hast du einen Korkenzieher?", fragte er.

„In der dritten Schublade."

Roland legte Manuel in den Maxi-Cosi, der auf der Eckbank stand. Er öffnete die Weinflasche und goss in beide Gläser ein, anschließend stellte er die Flasche auf den Esstisch, der liebevoll gedeckt war. Irmgard brachte das Essen sowie Manuels Fläschchen und platzierte es ebenfalls auf den Esstisch. Dann setzte sich Irmgard auf einen Stuhl, während Roland neben Manuel auf der Eckbank Platz nahm.

„Guten Appetit", wünschte Irmgard.

„Dir auch", entgegnete Roland, während er mit einer Hand sein Essen aß und mit der anderen Hand seinem Sohn die Flasche gab.

„Es schmeckt wirklich vorzüglich", lobte Roland nach einer Weile.

„Danke, dass freut mich", Irmgard lächelte und wischte sich mit der Servierte den Mund ab.

Mittlerweile hatte Manuel sein Fläschchen leer getrunken, ein ausgiebiges Bäuerchen gemacht und war schließlich im Maxi-Cosi eingeschlafen.

Roland trank noch einen Schluck Wein, ehe er begann: „Und jetzt raus mit der Sprache! Was ist los? Du klangst so komisch am Telefon."

„Ich fühle mich verfolgt", eröffnete Irmgard ihm, „heute hat uns irgendjemand durch das Küchenfenster fotografiert. Der Blitz hat Manuel gar nicht gefallen. Außerdem hatte ich schon bei Isabelle im Krankenhaus und auf ihrer Beerdigung das Gefühl, dass ich beobachtet werde. Aber was mich noch viel mehr beunruhigt: Wer tut so etwas, und warum? Geht es um mich? Oder sogar, was noch viel schlimmer wäre, um Manuel?", teilte Irmgard ihm ihre Bedenken und Sorgen mit.

„Nina wird es wohl kaum sein", murmelte Roland vor sich hin. Irmgard blickte ihn wachsam an.

„War nur so ein Gedanke", entgegnete er schnell, und wischte ihn sofort wieder beiseite.

„Du würdest dir wünschen, sie käme zu euch zurück, oder?", fragte Irmgard.

„Ich würde mir wünschen, sie würde ab und zu einmal eine Mail, eine SMS oder einen Brief schicken und nach Manuel fragen, um uns zu zeigen, dass ihr Sohn ihr nicht scheißegal ist, mehr will ich nicht", knurrte er.

„Verstehe", Irmgard schien nachdenklich.

„Und woran denkst du?", fragte Roland.

„Ich überlege, wer in Frage kommen könnte, denn es ängstigt mich schon sehr, dass jemand Fotos von mir macht."

„Konzentriere dich. Sollen wir heute Nacht bei dir schlafen?", bot Roland an.

„Unsinn, es geht schon. Mir fällt momentan niemand ein", log sie, denn gerade schoss ihr jemand in den Kopf. Als wolle sie das Thema beenden, stand sie schnell auf und begann, das Geschirr zusammen-zustellen, um den Tisch abzudecken.

Roland legte ihr die Hand auf den Arm: „Ich verspreche dir, ich kümmere mich sofort - gleich morgen früh - darum und beginne zu ermitteln. Wir finden denjenigen ganz sicher, auch wenn du dir jetzt noch niemanden darunter vorstellen kannst", versicherte Roland.

„Danke, das ist lieb von dir, aber deine Bezahlung...", wollte sie gerade ansetzen.

„Lass mal stecken. Du gehörst quasi zu meiner Familie, das ist Ehrensache", winkte er ab und half beim Abräumen des Tisches.

„Danke", erwiderte Irmgard erleichtert.

„Gerne. Bis Morgen, wir hören oder sehen uns", sagte Roland und nahm den Maxi-Cosi mit Manuel in die eine, und die Tragetasche in die andere Hand.

„Bis Morgen. Auf jeden Fall", meinte Irmgard und strich liebevoll über Manuels Kopf. Sie schloss die Haustür hinter ihm, lehnte sich dagegen und atmete tief durch. Er durfte es nicht sein, nicht der Mann, der ihr gerade in den Kopf geschossen war, nicht nach so langer Zeit, das würde sie nicht aushalten.

Plötzlich klopfte es an der Tür. Irmgard zuckte zusammen und öffnete vorsichtig – es war Roland, der nochmals den Kopf zur Tür hineinsteckt: „Ach Irmgard was mir gerade noch eingefallen ist, könntest du Manuel morgen ausnahmsweise über Nacht behalten, ich habe zu arbeiten", bat er.

„Sehr gerne", antwortete sie geistesabwesend.

Da Manuel bereits im Maxi-Cosi eingeschlafen war, hob Roland ihn vorsichtig heraus und legte ihn ins Gitterbett. Er deckte seinen Sohn ein wenig zu und schaltete die mondförmige Lampe ein. Anschließend zog er die Kinderzimmertür so zu, dass noch ein kleiner Spalt offen blieb, ging leise in die Küche und goss sich ein Glas Rotwein ein. Mit dem Glas ging er ins Wohnzimmer, setzte sich aufs Sofa und lehnte sich erschöpft zurück. Er trank einen Schluck und dachte über die Gespräche mit Natalie und Irmgard nach.

Wusste Irmgard, wer sie fotografierte? Wenn ja, warum sagte sie ihm das nicht? Hatte sie Angst, oder war sie einfach nur verunsichert? Oder ging es etwa um seinen Sohn Manuel?

Und Natalie - war es richtig von ihm gewesen, sich auf das morgige Treffen mit ihr einzulassen? Es war seine Idee gewesen… wer konnte schon wissen, was geschehen würde… oder ob überhaupt etwas passieren würde? Egal - für Informationen über Frank, die er für seine Rache nutzen konnte, würde Roland alles tun.

Jakob war noch immer nicht wieder zu Hause. Das kam Natalie gerade recht, sie war hundemüde und musste dringend ins Bett. Vorher nahm sie einen

Streifen ihrer Antibabypillenpackung heraus und drückte alle Pillen über dem Abfluss des Waschbeckens heraus, um sie dort hinunterzuspülen. Die restlichen Streifen ließ sie in der Packung, die Packung verstaute sie wieder ordentlich im Badezimmerschrank. Natalie lächelte versonnen und betrachtete sich im Badezimmerspiegel. Ihr Wunsch wartete sehnsüchtig darauf, erfüllt zu werden.

Dienstag, 2. April 2013

Diesmal wachte Roland nicht vom Weinen seines Sohnes auf, sondern vom Klingeln seines Handys. Das lag auf seinem Nachttisch. Er warf einen kurzen Blick auf das Display und hob ab, da „Nummer unterdrückt" angezeigt wurde.

„Saalberger", meldete er sich. Er sprach mit gesenkter Stimme, um Manuel nicht zu wecken.

„Guten Morgen, sind Sie Privatermittler?", ertönte eine weibliche Stimme. Die Stimme der Frau klang rau und zitterte leicht.

„Ja, das bin ich. Was kann ich denn für Sie tun?", fragte Roland wissbegierig, jetzt hellwach.

„Ich hätte einen Auftrag für Sie. Sind Sie interessiert?"

„Worum geht es denn?", hakte Roland nach.

„Das erzähle ich Ihnen erst, wenn wir uns sehen", erklärte die Frau.

„Sie machen es aber spannend. An welchem Ort und zu welcher Zeit?", wollte Roland wissen.

„Am Mosbacher Bahnhof, um 09:00 Uhr."

Roland warf einen Blick auf die Uhr. „In Ordnung. Wie heißen Sie eigentlich?", erkundigte er sich.

„Das geht Sie im Grunde genommen nichts an, solange ich Sie gut bezahle. Und das tue ich. Wären 5.000 Euro fürs erste in Ordnung?", wollte die Dame wissen.

Roland stockte für einen Moment der Atem. „Aber natürlich ist das in Ordnung". Mit solch einer hohen Gage hatte er überhaupt nicht gerechnet, doch davon ließ er sich natürlich nichts anmerken.

„Meinen Namen verrate ich Ihnen dann, wenn wir uns sehen. Sie erkennen mich an meiner beigen Hose, einer türkisfarbenen Bluse und einer blaue Regenjacke", beschrieb sie sich selbst.

„In Ordnung, dann bis später", meinte Roland, legte auf und sprang aus dem Bett. Sein erster Weg führte ihn ins Kinderzimmer, um nach Manuel zu sehen. Erstaunlicherweise war er durch Rolands Telefonat nicht wach geworden. So beschloss Roland, jetzt Irmgard anzurufen.

Die beiden hatten vor und nach Carolines Entführung am 28. Januar 2008 anfangs noch ein sehr gutes Verhältnis gehabt. Isabelle hatte auch während ihrer

Zeit auf der Polizeischule, die sie mit Roland besucht hatte, mit Roland bei ihrer Mutter gewohnt.

Irmgard hatte ein großes Haus mit zwei Stockwerken. Im Erdgeschoss befanden sich eine große, helle Eingangshalle, das Wohnzimmer, die Küche, das Ess- und ein Badezimmer. Im ersten Stock hatten Isabelle und Roland sich ihre Wohnung mit einem eigenen Eingang eingerichtet, inklusive Kinderzimmer, Wohnstube, Bad und Schlafzimmer. Eine Küche besaßen sie nicht, da Irmgard darauf bestanden hatte, dass sie zum Essen zu ihr kommen sollten. Im zweiten Stock befanden sich Irmgards Schlafzimmer und ein Badezimmer, sowie das Arbeitszimmer von Isabelles Vater, Irmgards Ex-Mann. Aber dieses Zimmer war seit 34 Jahren ungenutzt.

Als Roland dann Isabelle an einem lauen Sommerabend 2005, im rot schimmernden Licht der untergehenden Sonne, schließlich die Frage aller Fragen gestellt hatte, die Isabelle sofort bejaht hatte, und als dann im Januar 2006, um genau zu sein am 3. Januar, Caroline zur Welt kam, schien das Glück von Isabelle und Roland perfekt. Irmgard hatte Roland schon damals ins Herz geschlossen.

Doch am 28. Januar 2008 verschwand Caroline bei einem Spielplatz-Besuch mit ihrem Kindermädchen spurlos. Einen Tag später leitete Frank Barke auf Drängen von Carolines Eltern die Ermittlungen und die Suche nach dem Mädchen ein. Die Tage und Monate vergingen, die Ungewissheit, die Angst und der Schmerz wuchsen. In ihrem Schmerz schienen Isabelle und Roland sich immer weiter voneinander zu entfernen. Nach einigen Monaten kam der Kommissar Frank Barke, der die Ermittlungen im Fall Caroline E. leitete, auf Roland und Isabelle zu und teilte ihnen mit, dass er von Kriminalrätin Dr. Natalie Coenen den Auftrag erhalten habe, die Suche nach Caroline sofort abzubrechen und die Ermittlungen einzustellen. Natalie Coenen hatte Frank wiederum erzählt, dass die Eltern von Caroline wollten, dass die Ermittlungen sofort eingestellt wurden.

Isabelle und Roland schliefen nicht mehr miteinander, ließen keine körperliche Nähe mehr zu. Isabelle hatte fast jede Nacht Alpträume gehabt, während Roland es vorgezogen hatte, die Nächte wach zu verbringen und sich im Bett herumzuwälzen. Zu diesem Zeitpunkt war Natalie Coenen bereits mit Kommissar Mark Burscheid verlobt gewesen. Als Roland eines Abends etwas länger auf dem Kommissariat blieb, um noch einige Blätter in Aktenmappen zu heften, klopfte Natalie, die noch Licht gesehen hatte, an seine Bürotür. Sie war schon immer eine scharfe Beobachterin gewesen, und hatte ihm sofort angesehen, dass ihn die Sache um den Entführungsfall und die Ungewissheit um den Verbleib seiner Tochter sehr belasteten. Schließlich hatte sie sich auf ihn *eingelassen und ihm sowohl körperlich, als auch psychisch das gegeben, was er brauchte. Aus diesem einen Mal hatte sich eine Affäre entwickelt, deren Tragweite Natalie und Roland noch schmerzhaft am eigenen Leib bewusst werden sollte.*

Während Natalie immer unvorsichtiger wurde, ahnte sie nicht, dass ihr Verlobter, Kommissar Mark Burscheid ebenfalls eine Affäre begonnen hatte - mit Maike Konopka, die er auf einem Seminar über das Thema Fliegen kennengelernt hatte. Das Fliegen war schon immer Marks ganz großes Hobby gewesen; seinen Traum - einmal mit einem selbstgebauten Flugzeug in die Lüfte, ungeahnte Höhen und Weiten zu starten - hatte er nie mit Natalie teilen können, denn ihre Angst, Mark bei einem solchen Flug zu verlieren, war einfach zu groß gewesen. Mit Maike hatte er ganz anders über das Thema reden können, sie war von Anfang an begeistert gewesen von seiner Idee, und außerdem teilte sie, ebenso wie auch Natalie, seine zweite Leidenschaft, nämlich die für den Reitsport und schöne Pferde. Mark und Maike kamen sich immer näher, er lud sie sogar einmal zu einem gemeinsamen Abendessen zuhause ein. Natalie hatte die Nähe zwischen Maike und Mark sofort bemerkt und mit allen Mitteln versucht, dagegen zu halten, doch gegen Maike war sie einfach nicht angekommen.

Seit Carolines Entführung hatte Irmgard alles zunichte gemacht, was Roland begonnen hatte.

Während seiner Affäre mit Natalie war er mit der Zeit unvorsichtig geworden und hatte sogar zuhause mit ihr geschlafen - ausgerechnet auf Irmgards Sofa! Natürlich musste es so kommen: Irmgard hatte die beiden in flagranti erwischt und dies ohne Umschweife Isabelle erzählt. Diese hatte Roland vor die Tür gesetzt, ohne sich seine Erklärungen anzuhören.

Als Roland und Isabelle sich im Februar 2010 wieder getroffen hatten, waren in ihnen gleichermaßen alte Gefühle wieder aufgestiegen, obwohl Roland zu diesem Zeitpunkt bereits mit Nina zusammen war. Doch dann musste Isabelle einige Wochen später mit einem Milzanriss ins Krankenhaus und Irmgard war ins Krankenhaus gestürmt. Sie hatte es sich nicht nehmen lassen, für Isabelle da zu sein und sich um ihre über alles geliebte Tochter zu kümmern. Die alten Auseinandersetzungen flammten wieder auf.

Aber nach Isabelles Tod hatten sie sich zusammengerauft und sich gegenseitig Hilfe zugesichert.

Er wählte Irmgards Nummer. Nach dem ersten Klingeln hob diese ab.

„Guten Morgen, ich hoffe, ich habe dich nicht geweckt?", grüßte Roland.

„Nein, keineswegs. Ich bin schon seit *kurz vor sechs* wach, ich habe schon wieder einen Foto-Auslöser gehört, deshalb bin ich wach geworden", beruhigte sie Roland.

„Ich wollte dich fragen, ob du heute auch schon den Tag über auf Manuel aufpassen kannst, ich habe grade einen Auftrag hereinbekommen. Wenn der Auftrag geklärt ist, recherchiere ich nach dem ominösen Fotografen. Und deinen Wasserhahn sehe ich mir morgen Abend an, okay?", vergewisserte er sich.

„Okay, danke. Bis gleich", hauchte sie.

„Bis gleich", er beendete das Telefonat und ging ins Kinderzimmer, um den schlafenden Manuel zu wecken. Er wickelte ihn und zog ihn um. Nachdem Roland ihm auch sein Fläschchen gegeben hatte, schnallte er ihn im Maxi-Cosi fest. Manuel saugte an seinem Schnuller. Roland gurtete den Kindersitz in seinem Auto fest, schaltete den Airbag aus und fuhr zu Irmgard.

Nina Saalberger stand in der Küche von Tony Morales-Diaz und bereitete gerade das Frühstück zu. Überall in der Wohnung hingen Bilder von Tony und seinem Sohn Lucas. Die Küche war der zentrale Punkt der Wohnung. In das daneben liegende Wohnzimmer gelangte man ohne eine Tür; das Schlaf-, sowie das Badezimmer und Lucas` Zimmer waren jeweils durch eine Tür erreichbar. Nina schnitt gerade Gurken und Karotten in Stifte und rührte einen Joghurt-Quark-Dip dazu. Tony hatte bereits in der Werkstatt zu tun, er war KFZ-Mechaniker. Nachdem Nina die Rohkost fertig zubereitet hatte, bereitete sie dazu noch Rührei mit Speckwürfeln zu. Plötzlich ging die Tür auf und Tony trat ein.

„Hey", sagte er schmunzelnd und umarmte Nina.

„Hey", Nina küsste ihn ebenfalls lächelnd.

„Das riecht aber lecker", fand Tony und warf sich eine Tablette ein, die er mit Wasser hinunterspülte. „Auch eine?", hielt er Nina die Packung hin.

„Gerne", meinte sie und tat es ihm gleich. „Das Zeug ist einfach genial!", schwärmte sie und ihre Augen nahmen einen merkwürdigen Glanz an.

Tony Morales-Diaz hielt für einen kurzen Moment den Atem an.

Genauso hatte es damals bei seiner Ex-Freundin Bianca Kovac auch angefangen! Und auch er war in den Strudel der Sucht mithineingezogen geworden, doch im Gegensatz zu seiner Ex hatte Tony noch rechtzeitig die Notbremse gezogen. Hin und wieder, vielleicht einmal am Tag eine Prosoxyzyladronin-

Tablette, aber mehr nicht. Er hatte nie seine Aufsichtspflicht für den gemeinsamen Sohn verletzt! Sogar während der neun Monate Schwangerschaft hatte er - ganz im Gegensatz zu seiner Ex-Freundin - auf die Einnahme verzichtet, um ihr so den Verzicht zu erleichtern und um ihr zu beweisen, dass auch sie das schaffen könnte - aber sie war stur geblieben und hatte die Tabletten weiter geschluckt. Es war ein Wunder gewesen, dass Lucas lebend und kerngesund zur Welt gekommen war.

Eines Abends, als Tony nach einem langen und anstrengenden Arbeitstag in der Werkstatt - damals war er noch Angestellter gewesen - nach Hause gekommen war, hatte er Lucas bereits im Hausflur schreien gehört. Gerade einmal fünf Monate alt war Lucas damals gewesen. Als Tony die Tür aufgeschlossen und die Wohnung betreten hatte, hatte ihn beinahe der Schlag getroffen: Seine Freundin Bianca lag, völlig zugedröhnt mit Heroin und Prosoxyzyladronin, auf dem Wohnzimmerboden, während der kleine Lucas sich in der Tragetasche, die auf dem Sofa gestanden hatte, vor lauter Hunger die Seele aus dem Leib geschrien hatte. Tony hatte seinen Sohn in ein Handtuch gewickelt und den Krankenwagen gerufen. Nach einem monatelangen Aufenthalt in einer Entzugsklinik hatte er von Bianca weder etwas gehört, noch gesehen. Er wusste nicht einmal, ob sie überhaupt noch in Hamburg, geschweige denn, am Leben war.

Im Gegensatz zu Tony, der in reichem Elternhaus aufgewachsen war (seine Mutter Carsima war die Geschäftsführerin eines Luxushotels und sein Vater Carlos Morales-Diaz ein Golfprofi) hatte Bianca, was ihre Eltern betraf, nicht so sonderlich viel Glück gehabt. Ihr Vater Werner war bei einem Motorradunfall ums Leben gekommen und ihre Mutter Cornelia war an einer Alkoholvergiftung gestorben. Bianca verbrachte ihre Kindheit im Kinderheim und lernte Tony in der Schule kennen. Sie verstanden sich von Anfang an gut- obwohl beide sehr temperamentvoll waren. Als Tony später, auf Drängen seiner Eltern hin, eine Ausbildung in einem Autohaus begann – während Bianca ihre Zeit auf der Straße verbracht hatte – besuchte er sie jeden Abend dort. Meistens nahmen beide dann eine Spritze Heroin und eine Tablette Prosoxyzyladronin.

🔫🔫🔫🔫🔫🔫🔫🔫

Nina war für Tony die ideale Partnerin; auch sein mittlerweile 7-jähriger Sohn Lucas mochte sie sehr gerne. Nina hatte das Gefühl, für ihn ungezwungener eine Mutter sein zu können als für Manuel. Bei Manuels Anblick war Nina völlig überfordert gewesen. Manuel hatte sie mit hilfesuchenden Augen angesehen, aber sie hatte ihm nicht helfen, nicht für ihn sorgen können, denn sobald sie ihren Sohn auch nur angesehen hatte, waren in ihr die schmerzlichen Erinnerungen an Sophia, die sie erfolgreich verdrängt hatte, wieder hochgekommen. Bei Lucas war das von Anfang an ganz anders: Sie hatte in seine Augen gesehen und einen fröhlichen, aufgeweckten und schutzbedürftigen Jungen erblickt. Nina und Lucas hatten sich auf Anhieb sehr gut verstanden. Seit Nina bei der kleinen Familien lebte, fragte Lucas deutlich weniger nach seiner leiblichen Mutter – und das kam Tony gerade recht.

Nachdem Tony und Nina beide eine Tablette genommen hatten, setzte sich Nina an den Tisch. Während Tony wieder in die Werkstatt ging, blieb Nina sitzen und frühstückte mit Lucas.

„Und, was steht heute so an?", fragte sie den Jungen.

„Ich habe heute erst um 9 Uhr Schule, weil mein Mathelehrer eine Konferenz hat. Und um 17 Uhr habe ich Fußballtraining", erzählte der Junge aufgeregt.

„Klingt spannend. Wer fährt dich zur Schule und zum Training?", fragte sie.

„Papa muss arbeiten, ich kann mit dem Fahrrad fahren", meinte Lucas und biss in seinen Toast.

„Wenn du magst, fahre ich dich zur Schule", schlug Nina vor. Sie aß den letzten Bissen Rührei und tunkte ihre Rohkost in den Dip. Lucas hatte sowohl die Rohkost, als auch das Rührei verschmäht und sich lieber einen Nuss-Nugat-Creme-Toast geschmiert.

„Oh ja!", rief Lucas freudig.

Nachdem beide fertig gegessen hatten und Nina den Tisch abgeräumt, das Geschirr in die Spülmaschine gestellt und diese angeschaltet hatte, fuhren sie mit Tonys Jeep zur Schule.

Natalie wälzte sich im Bett von der einen Seite auf die andere. Sie schwitzte und hatte Bauchschmerzen. Plötzlich stand Jakob in der Tür. Hatte er etwa geklopft? Sie hatte nichts gehört!

„Hey, Schwesterchen, ich wollte einmal nach dir schauen. Du weißt, dass es bereits zwanzig vor neun ist? Wolltest du nicht um 9:00 Uhr im K11 sein?", erkundigte sich Jakob.

„Ach ja stimmt", stöhnte Natalie und sprang aus dem Bett, „ich habe in dieser Nacht wieder den gleichen Traum geträumt, genau wie gestern. Warum nur träume ich andauernd von Babys? Ich verstehe das nicht!"

„Weil du dir nichts sehnlicher wünschst als ein Kind. Es ist doch logisch, dass du dann auch davon träumst.

Bitte setze dich nicht zu sehr unter Druck, ja?", bat Jakob.

„Weißt du, was weh tut, was wirklich verdammt weh tut?", fragte Natalie und machte eine Pause, um Luft zu holen.

„Was denn?", fragte Jakob, obwohl der die Antwort bereits wusste.

„Mark und diese hochschwangere Maike andauernd vor meiner Nase zu haben", meinte Natalie dumpf.

„Das glaube ich dir, es erinnert dich an Valentino, stimmt's?", Jakob sah sie mitfühlend an.

„Ja, und es verstärkt meinen Kinderwunsch."

„Das klappt schon noch, irgendwie, und hoffentlich mit dem richtigen Mann. Du darfst dich nicht selbst so unter Druck setzen!", mahnte Jakob und sah sie eindringlich an.

„Vermutlich hast du recht, ich sollte jetzt ins K11 fahren, um…", da klingelte Natalies Handy.

„Sven Michaelis", stand auf dem Display, Natalie hob ab.

„Hallo, Herr Kollege, was gibt es?", grüßte Natalie.

„Guten Morgen, Frau Kriminalrätin. Ich wurde eben von einer Frau Nattermann angerufen. Sie teilte mir mit, dass ihre 11-jährige Tochter Selina bei einem Spielplatzbesuch verschwunden ist. Frau Nattermann war kurz zum Mülleimer gelaufen, um ein Butterbrotpapier wegzuwerfen. Selina hatte ein Schinken-Brötchen gegessen, das in dem Papier eingewickelt war. Währenddessen schaukelte Selina. Als Frau Nattermann zurück kam, war die Schaukel leer. Nur Selinas rosafarbene Strickjacke wurde unter der Schaukel gefunden", schloss der Kollege.

„Okay, wann ist das passiert?", wollte Dr. Coenen routiniert wissen.

„Es war schon *letzten Donnerstag, das war der 28. März*", stellte Sven Michaelis fest.

„Wie bitte? Das ist nicht Ihr Ernst! Meine erste Frage ist: Warum meldet die Mutter sich erst jetzt?", erkundigte sich Natalie aufgebracht.

„Ich weiß es nicht. Aber die Mutter hat ausgesagt, dass sie zu schwach sei, um ins Kommissariat oder noch einmal auf diesen Spielplatz zu kommen und sie bat mich, dass die Polizei doch bitte zuerst zu ihr nach Hause kommen solle und sie dort befragen solle. Sie wäre selbst einfach nicht in der Verfassung, zur Dienststelle zu kommen. Allerdings gab sie an, noch am Tag von Selinas Verschwinden Fotos vom Spielplatz gemacht zu haben", schloss Sven Michaelis.

„In Ordnung, geben Sie mir die Adresse durch, ich fahre gleich von zuhause aus dorthin. Welchen Kollegen haben Sie noch hinzugerufen?", fragte Natalie.

„Kommissar Burscheid", sagte Sven und nannte ihr die Adresse; anschließend legte er auf.

Das hatte ihr gerade noch gefehlt, ausgerechnet Mark!

„Alles in Ordnung?", erkundigte sich Jakob, nachdem sie aufgelegt hatte.

„Wie man's nimmt. Ein Mädchen wird vermisst, ich soll zu ihrer Mutter fahren, aber das Schlimmste kommt erst noch: Ich habe mit Mark Dienst", Natalie klang entnervt und wenig begeistert.

Jakob grinste: „Das wird schon, Schwesterchen", sagte er aufmunternd.

Natalie musterte ihren Bruder ungläubig, sie ging in die Küche und setzte zwei Töpfe mit Wasser auf. Nach wenigen Minuten kochten beide. In den einen Topf hängte sie einen Kamillenteebeutel; das Wasser aus dem anderen Topf füllte sie in eine Wärmflasche. Nachdem der Tee gezogen hatte, füllte sie die heiße Flüssigkeit in eine Thermoskanne und verschloss diese. Natalie wollte gerade gehen, doch plötzlich hielt sie inne: „Wie war denn eigentlich dein Abend gestern?", erkundigte sie sich.

„Es war ganz schön, ich habe eine nette Bekanntschaft gemacht", erklärte er lächelnd.

„Oh, kenne ich sie?", fragte Natalie wissbegierig.

„Sie heißt Sybille Schön, ist geschieden, 34 Jahre jung, trägt eine Brille, sie ist gebildet, ein bisschen kräftiger, kinderlos und ich mag sie. Außerdem liebt sie Pferde", zählte Jakob belustigt auf.

„Das klingt toll. Trefft ihr euch wieder? Wann? Habt ihr Handynummern ausgetauscht?", löcherte Natalie ihren Bruder.

„Ja, wir haben Handynummern ausgetauscht und Freundschaft in *Facebook* geschlossen. Ich denke schon, dass wir uns wieder treffen, nur wann, weiß ich nicht", erwiderte Jakob.

„Oh, zeig', zeig', zeig'! Ich möchte ihr Profilbild sehen", Natalie war plötzlich ganz aufgeregt.

„Musst du nicht los, zu der Mutter des vermissten Mädchens, mit Maaaaark", grinste Jakob.

„Oh, ja stimmt. Ich kann mir nichts Schöneres vorstellen, als mit Mark zu fahren", erwiderte Natalie sarkastisch. „Ach, noch etwas: *heute Abend um*

7:00 Uhr bin ich mit Roland bei ihm zu Hause zum Essen verabredet. Wir haben noch einiges zu besprechen, und es könnte sein, dass es so spät wird, dass ich danach gleich wieder ins K 11 weiterfahre. Der Vermisstenfall wird meine ganze Aufmerksamkeit und Konzentration verlangen", klärte Natalie ihren Bruder über ihre Pläne auf.

„In Ordnung. Aber pass` auf dich auf und überarbeite dich bitte nicht, okay? Und wegen Mark, ich denke, ihr seid beide professionell genug, um euch nur auf die Ermittlungen und nicht auf eure privaten Differenzen zu konzentrieren", meinte Jakob.

„Aber sicher. Und verabrede dich mit Sybille! Ich kenne sie noch nicht, aber ich habe das Gefühl, sie wird dir gut tun", meinte Natalie.

„Hoffentlich hast du Recht."

„Bis Morgen", verabschiedete sich Natalie und zog die Tür hinter sich ins Schloss.

Nachdem seine Schwester gegangen war, spülte Jakob das dreckige Geschirr vom Vortag und startete seinen Laptop.

Mark Burscheid hatte noch geschlafen, als ihn der Anruf des Kriminaldauerdienstes erreichte. Danach war er aufgestanden und hatte sich angezogen. Seine Frau Maike wurde ebenfalls wach, sie rieb sich die müden Augen, reckte und streckte sich.

„Gehst du weg?", fragte sie verwirrt.

„Ich muss zu einem Vermisstenfall, ein vermisstes Mädchen. Warte nicht auf mich, es kann spät werden", erklärte Mark hastig. „Wie geht es euch dreien denn?", fragte er seine hochschwangere Frau.

„Okay, ich verstehe. Uns geht es super, ich wollte heute ein bisschen shoppen gehen, ich brauche dringend neue Umstandsmode", eröffnete sie ihm.

„Schön, vielleicht begleitet dich ja meine Mutter, ich muss los, bis dann", und schon hatte Mark das Haus verlassen. Maike nahm ihm nicht übel, dass er so knapp auf ihr Vorhaben geantwortet hatte, denn sie kannte ich genau und wusste, dass er gedanklich schon voll und ganz bei dem vermissten Mädchen war. Sie zog sich an und machte sich auf dem Weg zum Einkaufszentrum.

Nachdem Roland Manuel zu Irmgard gebracht und ihr die kleine Reisetasche überreicht hatte, da ausgemacht war, dass der Kleine heute zum ersten Mal bei ihr übernachten würde, hatte er nach ihrem ominösen, unbekannten Verfolger gefragt, Irmgard hatte ihm von den Geschehnissen in der letzten Nacht berichtet. Anschließend hatte Roland ihr kurz von seinem Auftrag berichtet und ihr versprochen, dass er jetzt auf dem Weg von ihrem Haus zu seinem Auto noch einmal explizit darauf achten würde, ob er jemanden entdecke, der um ihr Haus herumschlich, oder sie beobachtete. Doch dem war nicht so. Roland konnte weit und breit keine Menschenseele entdecken.

Also stieg er in sein Auto und fuhr zum Mosbacher Bahnhof. Er parkte sein Auto, stieg aus und blickte sich suchend um. Er war pünktlich. Doch eine Frau, auf welche die Beschreibung der Anruferin zutraf, konnte er nicht erblicken. Er trat von einem Bein aufs andere und warf einen Blick auf die Uhr. Mittlerweile zeigte sie *9:19 Uhr*. Aus seiner Hosentasche kramte er eine Zigarettenpackung hervor, nahm eine Zigarette und das Feuerzeug heraus und zündete diese an. Anschließend ließ er sowohl die Packung, als auch das Feuerzeug wieder in der Hosentasche verschwinden, nahm einen kräftigen Zug und blies den Rauch in die Luft. Wieder blickte er um sich.

Da entdeckte er plötzlich eine Frau, die auf die Beschreibung der Anruferin haargenau passte. Allerdings hätte er sie sich vom Klang ihrer Stimme her wesentlich älter vorgestellt, als sie offensichtlich war.

Er trat auf sie zu. „Guten Tag", grüßte er sie und hielt ihr seine Hand hin.

„Guten Morgen", erwiderte sie und schlug ein.

„Darf ich nun endlich erfahren, für wen ich arbeiten soll? Sie spannen mich ganz schön auf die Folter!"

„Mein Name ist Ulrike Flemming. Hätten Sie vielleicht eine Zigarette für mich", bat die Frau.

„Aber gerne, Frau Flemming", zog Roland die Schachtel wieder hervor und zündete ihr die Zigarette an.

„Es geht um folgendes", begann sie, „mein Ex-Mann Jochen Großmann hat eine Affäre mit Mona-Leonie Woitack. Jochen ist sehr wohlhabend und er hat immer dafür gesorgt, dass es mir an nichts fehlt, auch nach der Scheidung, wenn Sie verstehen? Wissen Sie, ich war Moderatorin einer Call-In-Show. Jochen hatte mir die Show drei Jahre vor unserer Scheidung geschenkt. Es war nicht etwa eine dieser Quizshows, bei der der Zuschauer Unsummen an Geld für nahezu unlösbare Rätsel versprochen bekommt und das Geld in den meisten Fällen dann doch beim Sender bleibt, nein. Es war eine Call-In-Show, bei der ich live im Fernsehen zu sehen war und mich über zwei Telefonleitungen mit Menschen, die Konflikte miteinander haben, unterhalten habe und so versucht habe, diese zu lösen. Tja, *vor drei Jahren* ließen mein Mann und ich uns scheiden, und meine Show wurde abgesetzt! Von heute auf morgen war einfach Schluss!"

Frau Flemming machte eine Pause und blickte an Roland vorbei. Scheinbar hatte sie die Show gerne betrieben; den Verlust nahm sie persönlich. Da heftete sie ihre Augen wieder auf Roland und fuhr fort: „Nun gut, ich muss zugeben, anfangs hat das Konzept der Show ja auch sehr gut funktioniert und die Menschen mit ihren Geschichten haben bei den Zuschauern etwas ausgelöst, die Quoten sind rasant gestiegen. Doch mit der Zeit wurde das den Zuschauern offenbar zu langweilig, sie wollten mehr, mehr Emotionen und rasantere Geschichten… aber man hätte das Show-Konzept ja auch überarbeiten können… statt mich gleich an die Luft zu setzen! Und wissen Sie was? *Vor wenigen Monaten* hat Jochen zufällig auf einer Gala-Party, auf der er neue Kontakte mit Geschäftsleuten knüpfen wollte, diese Frau Woitack kennengelernt. Soweit ich weiß, ist sie Jura-Studentin und Jochen ist Rechtsanwalt bei einem namhaften Privatsender, mit allen Wasser gewaschen und überaus erfolgreich. Offenbar hat Jochen sich auf den ersten Blick in sie verliebt, wie man so schön sagt", der Zynismus in Frau Flemmings Stimme war unüberhörbar.

„Ich kann Ihnen gut folgen, mir ist nur noch nicht so ganz klar, was genau ich jetzt tun soll. Was erwarten Sie von meiner Arbeit?", fragte Roland.

„Ich habe das Gefühl, dass Mona-Leonie Woitack irgendetwas im Schilde führt. Ich glaube, sie hat irgendetwas vor, und mit Ihrer Hilfe möchte ich herausfinden, was das sein kann. Außerdem will ich, dass Sie mir alle Informationen über meinen Ex-Mann, seine Arbeit, seine Mandanten, sein Privatleben - einfach alles, was Sie finden können – zusammentragen und mir unverzüglich mitteilen!", befahl Frau Flemming, der Wind hatte ihr eine Haarsträhne vor die Augen geblasen, die sie unwillkürlich wieder hinter ihr Ohr strich.

Roland sah seiner potentiellen Aufraggeberin in die Augen. Er kannte diesen Blick: Frau Flemming wollte weder ihre Show, die sie nach der Scheidung verloren hatte, noch ihren Mann zurück, nein, diese Frau wollte nur eines, und zwar Rache, Rache für das, was ihr genommen worden war. Roland lief ein Schauer über den Rücken, denn er wusste, dass er Natalie heute Abend mit genau diesem Blick ebenfalls ansehen würde.

„Hallo?! Haben Sie mich verstanden, sind Sie interessiert und nehmen Sie den Auftrag an?", bohrte Frau Flemming plötzlich energisch und riss Roland damit unsanft aus seinen Gedanken, zurück ins Hier und Jetzt.

„Ja, ja, Frau Flemming, ich habe Sie sehr wohl verstanden und ich nehme den Auftrag an", erwiderte Roland förmlich.

„Sehr schön", Frau Flemming schüttelte kurz seine Hand. Danach holte sie einen brauen Briefumschlag und einen gefalteten, weißen Zettel aus ihrer Handtasche. „Auf diesem Zettel stehen sowohl die private Adresse meines Ex-Mannes, als auch die Adresse des Sendestudios der Call-In-Show", Frau Flemming reichte ihm zuerst den Umschlag, danach den Zettel. „Sie können gerne nachzählen."

„Nicht nötig, ich vertraue meinen Auftraggebern", erwiderte Roland.

„Ach, da wäre noch etwas. Wenn Sie nach mir gefragt werden, wir kennen uns nicht, verstanden?! Ich muss mich auf Ihre absolute Diskretion verlassen können!", schärfte sie ihm ein.

„Selbstverständlich, das können Sie. Ich kenne keine Frau Flemming", beruhigte Roland sie.

„Sehr gut, hier ist meine Karte, unter dieser Nummer können Sie mich jederzeit erreichen", erklärte sie.

„Gut. Danke", Roland nahm ihr die Karte ab.

„Auf Wiedersehen. Ich erwarte Ihren Anruf", sagte Frau Flemming und verließ eiligen Schrittes den Bahnhof.

Roland blickte ihr nach, bis sie außer Sichtweite war. Ihre Haare flogen im Wind und die Regenjacke klebte an ihrem Körper.

Natalie war nun endlich auf dem Parkplatz vor dem K11 angekommen. Auf dem Weg war sie von einer Verkehrskontrolle und drei Baustellen ausgebremst worden. Genervt parkte sie ihren Wagen und sah Mark bereits in einiger Entfernung an einen Dienstwagen gelehnt stehen.

„Guten Morgen", begrüße er sie.

„Morgen", murmelte sie gedankenverloren.

Schweigend gingen Mark und Natalie zum Waffenschrank, holte ihre Dienstwaffen heraus und stiegen in den Dienstwagen; Mark setzte sich ans Steuer.

„Weißt du, Mark, ich finde das schrecklich…", begann Natalie nach einer Weile.

„Was denn?", erkundigte sich Mark.

„Dieses junge Mädchen ist verschwunden, auf einem Spielplatz, das ist furchtbar!", Natalie schlug die Hände vors Gesicht und atmete tief ein und aus. Als sie wieder aufblickte, begegnete sie Marks besorgtem Blick.

„Entschuldige bitte meinen Ausbruch, das... das hätte nicht passieren dürfen", stotterte Natalie.

„Schon okay", Mark blickte sie kurz, aber eindringlich an.

Die Adresse des Spielplatzes hatte sie vom Kriminaldauerdienst erfahren. Auf dem Spielplatz angekommen war bereits Jordan, der Leiter der Spurensicherung vor Ort, der etwas in sein Handy tippte.

„Guten Morgen, allerseits", grüßten Natalie und Mark.

Erschrocken blickte Jordan vom Display seines Handys auf, um es dann mit schnellen Bewegungen in seiner Manteltasche verschwinden zu lassen. Er räusperte sich: „Guten Morgen, bitte entschuldigen Sie, ich war gerade abgelenkt."

„Kein Problem", erwiderte Natalie.

Jordan klopfte mit seinen Fingern gegen die Halterung einer Schaukel. „Das ist die Schaukel, auf der die vermisste Person zuletzt gesehen worden war. Auf der Bank dort drüben sitzt ihre Mutter, ich habe sie herbringen lassen, sie war alleine nicht imstande zu kommen."

„Ach so, ich wollte gerade zu ihr fahren", Natalie setzte sich neben die Mutter und begann leise ihre Befragung. Die Mutter war völlig aufgelöst. Was

Natalie am meisten interessierte, war, warum sie erst heute, nach fast fünf Tagen, die Polizei verständigte.

„Frau Nattermann, ist Ihre Tochter vielleicht früher schon einmal nicht nach Hause gekommen oder weggelaufen?", fragte Natalie vorsichtig.

„Ja, ich dachte zuerst, sie sei zu einer Freundin gelaufen, schließlich sind ja Osterferien und außerdem sagte René, mein Bruder, dass sie sicher bei einer Freundin wäre und bald wieder auftauchen würde", schniefte die Mutter.

Natalie beschloss, die Frau nach Hause zu begleiten, um ein aktuelles Foto von Selina zu sehen.

Danach fuhren Mark und sie zurück zum K11, um mit anderen Kollegen die Sonderkommission „Spielplatz" zu gründen.

Bereits *am Nachmittag* versorgte Mark alle regionalen Zeitungen und Radiosender mit dem Foto und der Nachricht von Selinas Verschwinden; die Bevölkerung wurde angehalten, Hinweise an die örtlichen Polizeidienststellen weiterzugeben. Natalie hatte mit allen Freunden von Selina gesprochen, doch keiner hatte eine Idee, wo das Mädchen sein könnte.

Es war bereits *18:00 Uhr,* als Mark und Natalie ihren Dienst für den Tag beendeten. Sie gingen gemeinsam zum Parkplatz.

„Ich hoffe, wir finden das Mädchen schnell, ich habe ein merkwürdiges Gefühl", meinte Natalie.

„Wem sagst du das?! Da draußen laufen einige Verrückte frei herum. Ich wünsche dir trotzdem einen schönen Abend", sagte Mark vielsagend und wandte sich zu seinem Auto.

Roland hatte die ersten Ermittlungen in seinem Fall durchgeführt. Er hatte herausgefunden, dass die Studentin Mona nebenbei in einem Café als Bedienung jobbte. Er hatte sich also dort einen doppelten Espresso bestellt und sich das Mädchen einmal genauer angesehen. Eine hübsche, schlanke Blondine. Diese Informationen teilte er Frau Flemming am Telefon mit. Außerdem erklärte er seiner Auftraggeberin auch gleich, dass er erst wieder *übermorgen* mit den Recherchen fortfahren könne, da er *morgen* einen wichtigen privaten Termin habe. Frau Flemming zeigte Verständnis dafür. Danach kaufte er die Zutaten für das Abendessen ein und bereitete es zu.

Um Punkt *19:00 Uhr* meldete sich die Klingel seiner Haustür.

„Natalie, schön dass du da bist, du siehst blendend aus", begrüßte er sie mit einem Kuss, und versuchte, die Gedanken an Frank Barkes morgigen Prozess vorerst beiseite zu schieben.

Mittwoch, 3. April 2013

Natalie gähnte herzhaft, als die einfallenden Sonnenstrahlen sie blendeten und sie dadurch erwachte. Sie dachte an die Nacht mit Roland, an seine leidenschaftlichen und zärtlichen Liebkosungen. Jetzt blieb ihr nichts anderes übrig, als inständig zu hoffen, dass die Nacht mit Roland Früchte getragen hatte. Sie hatte ihren Teil der Abmachung erfüllt und ihn mit allen Informationen über Frank Barke versorgt, die sie hatte auftreiben können. Nun musste nur noch ihr Wunsch in Erfüllung gehen. Sie schlang die Bettdecke um ihren Körper und ging ins Badezimmer, leise, um Roland nicht zu wecken. Doch er erwachte ebenfalls.

„Guten Morgen", murmelte er verschlafen und rieb sich die Augen.

Dann schlich sich ein Lächeln um seine Mundwinkel. Endlich hatte er mündlich sämtliche Informationen über Frank Barke zusammen, die ihm Natalie hatte geben können.

„Guten Morgen", erwiderte Natalie, die gerade Mundwasser fertig machte, um sich den Mund auszuspülen, „heute Nachmittag werde ich dir alle Daten über Frank schicken, die ich habe. Auch interne Daten. Du verstehst, dass das unter allen Umständen geheim bleiben muss, denn wenn herauskommt, dass ich dich mit Akten und internen Daten versorgt habe, dann bin ich meinen Job los! Haben wir uns verstanden?", fragte sie leise mit zuckersüßer Stimme.

„Aber sicher", entgegnete Roland mit süffisantem Lächeln.

„Gut", sie spülte ihren Mund aus, gab ihm anschließend einen flüchtigen Kuss und zog sich an.

Roland ging ebenfalls ins Badezimmer. Er sprang unter die Dusche, putzte seine Zähne und zog sich an.

Als beide fertig waren, standen sie sich im Hausflur gegenüber und blickten sich an.

„Vielleicht können wir das bei Gelegenheit wiederholen. Ich meine, wir beide, wir haben nichts mehr zu verlieren. Du bist Single, ich bin so gut wie geschieden", meinte Roland.

„Sehr gerne", erwiderte Natalie. „Aber jetzt muss ich los; der Fall des entführten Mädchens, die Ermittlungen machen mich echt fertig!", gestand sie.

„Pass auf dich auf. Ich erwarte deine Informationen schriftlich per Mail oder per Post", machte er deutlich.

„Mache ich. Du kannst dich auf mich verlassen", sagte sie, und verließ gemeinsam mit Roland die Wohnung. Beide stiegen in ihre Autos. Roland fuhr in sein Büro und Natalie fuhr ins K11 zu einem weiteren harten Arbeitstag mit Mark.

Mark Burscheid saß mit Maike am Frühstückstisch und stocherte gedankenverloren mit dem Löffel in seiner Müslischüssel herum.

„Schatz, was ich dir unbedingt noch erzählen wollte", begann Maike. „Ich habe gestern zufällig beim Shoppen einen alten Freund wieder getroffen, er heißt René. Wir haben uns heute um *12:00 Uhr* verabredet. Ist es in Ordnung, wenn ich kurz mit ihm aufs Kommissariat komme? Ich würde ihn dir so gerne vorstellen. Wir waren mal ein Paar, zwei Jahre lang. Das war genau zwei Jahre, bevor wir beide uns kennenlernten", erzählte Maike aufgeregt.

„Okay", murmelte Mark abwesend, weil er in Gedanken schon bei seinem aktuellen Fall war.

„Er hat damals mit mir Schluss gemacht, weil er sich in eine hübsche Australierin verliebt hatte, ich glaube sie hieß Joana McDermott. Soweit ich weiß, ging er mit ihr nach Australien; ihre Eltern hatten dort ein riesiges Weingut, er hat bei der Ernte geholfen, Joana sollte das Weingut irgendwann, nach dem Ableben ihres Vaters erben und bis zur nächsten Generation weiterführen. Ich vermute, dass René die Beziehung zu ihr beendet hat, weil sie zu wenig Zeit füreinander hatten. Weißt du, bestimmt aufgrund der Arbeit, die so ein Weingut von morgens früh bis spät in die Nacht mit sich bringt, ich habe einmal eine Fernseh-Reportage darüber gesehen", sprudelte es aufgeregt aus Maike heraus.

„Ich verstehe. Ich bin schon sehr gespannt auf deinen Ex-Freund und freue mich ihn kennenzulernen", meinte Mark und lächelte Maike an. Er nahm noch einen Löffel Müsli zu sich, anschließend stand er auf und stellte die Schüssel ins Spülbecken.

„Ich glaube, ihr werdet euch mögen", vermutete Maike versonnen und strich mit ihren Fingern über Marks Arm.

„Na, wenn du meinst", Mark lächelte ebenfalls, obgleich sein Blick wie aus weiter ferne kam. „Ich muss jetzt los, du weißt ja, das vermisste Mädchen…"

„Okay", sagte Maike, obgleich sie nicht recht wusste, wovon Mark sprach. Maike hatte sich nie sonderlich für seine Arbeit interessiert, das tat sie auch jetzt nicht. Es würde sie zu sehr aufregen, wenn sie wüsste, welchen Gefahren ihr Mann tagtäglich ausgesetzt sei, sagte sie immer. Mark nahm ihr das nicht übel, auch wenn er sich danach sehnte, mit jemandem über seine Erlebnisse im Job sprechen zu können, über die grausamen Taten, hinter denen meist düstere

Geheimnisse und menschliche Abgründe steckten. Er wünschte sich einfach jemanden, mit dem er sich austauschen konnte, einen guten Zuhörer, an dessen Schulter auch er sich einmal anlehnen konnte. Doch so jemand war Maike eben nicht. Mark zog seine Jacke an. Ihm war plötzlich eiskalt.

„Ich muss jetzt los, bis später", sagte er und ging.

„Bis später, ich freue mich schon so sehr, wenn ich dir endlich meinen Ex-Freund vorstellen kann!", rief sie ihm hinterher. Doch das hatte er nicht mehr gehört. Maike lauschte seinen schnellen Schritten, die im Treppenhaus widerhallten.

🔫 🔫 🔫 🔫 🔫 🔫 🔫 🔫

Roland fuhr noch einmal zu Irmgard, um sich zu vergewissern, dass mit seinem Sohn alles in Ordnung war. Er war bereits vor Irmgards Wohnung angekommen, parkte den Wagen und betätigte die Haustürklingel. Irmgard öffnete ihm, mit Manuel auf dem Arm.

„Guten Morgen", grüßte sie und Manuel lachte.

„Guten Morgen, meine beiden Hübschen", erwiderte Roland und küsste seinen Sohn auf die Stirn, Irmgard dagegen auf die Wange.

„Komm doch rein", bat Irmgard und trat zur Seite.

„Ich wollte nur einmal schauen, ob bei euch beiden alles in Ordnung ist? Ist der ominöse Fotograf noch einmal aufgetaucht? Ich habe eben niemanden entdeckt", erkundigte sich Roland beim Eintreten.

„Uns geht es gut. Nein, es hat keiner mehr Fotos gemacht. Vielleicht war es ein Versehen. Danke trotzdem", sagte Irmgard.

„Ich behalte das trotzdem weiterhin im Auge. Das ist mir nicht geheuer. Ist nur so ein Gefühl", erklärte Roland.

„Okay, danke", Irmgard wirkte erleichtert.

Roland strich seinem Sohn liebevoll über den Kopf. „War alles okay mit ihm?"

„Ja, aber er hatte schon sehr früh ausgeschlafen. Ich habe ihm bereits ein Fläschchen gegeben. Und bei dir? Auch alles in Ordnung?", fragte Irmgard; sie wusste, dass heute Franks Prozesstermin war.

„Naja, es geht so. Um *10 Uhr* beginnt der Prozess. Vorher muss ich mich noch umziehen. Ich hoffe nur, dass Frank seine gerechte Strafe bekommt, damit du, Isabelle, Caroline und ich endlich unseren Frieden finden können", meinte Roland bestimmt.

„Du musst als Zeuge aussagen, nicht wahr? Ich würde auch mitkommen…", begann Irmgard.

„Ja, meine Zeugenaussage wird verlangt und ich hoffe, Frank wird dadurch seine gerechte Strafe bekommen. Nein, nein du kommst nicht mit. Ich komme schon alleine klar. Du kümmerst dich bitte um Manuel. Es ist besser, ihr bleibt hier. Ich rufe dich an, sobald ich weiß, wie das Urteil ausgefallen ist. Einverstanden?", vergewisserte sich Roland.

„Einverstanden. In Ordnung, ich erwarte deinen Anruf!", meinte Irmgard, ihr Ton machte deutlich, dass sie seinen Anruf unverzüglich nach der Urteilsverkündung erwartete.

„Aber natürlich", versicherte Roland, küsste Manuels Stirn und verschwand wieder Richtung Auto.

Natalie war mittlerweile im Besprechungsraum des K11 angekommen. Als erstes hängte sie ihren Mantel an die Garderobe und stellte anschließend die Kaffeemaschine für die Kolleginnen und Kollegen an. Da merkte sie, wie müde sie war. Ihre Beine wurden schwer und sie setzte sich auf einen Stuhl im Besprechungsraum. Ihre Gedanken schweiften ab, zu der wunderschönen, leidenschaftlichen und einfühlsamen Nacht mit Roland…

„Guten Morgen."

Natalie fuhr herum. „Mark! Sag mal, spinnst du? Du hast mich vielleicht erschreckt!", schrie Natalie. Und du hast mich aus meinen wunderschönen Erinnerungen herausgerissen, fügte sie in Gedanken hinzu.

„Entschuldige bitte. Ich wusste ja gar nicht, dass du so schreckhaft bist", sagte Mark und hob die Hände.

„Schon okay", erwiderte Natalie. Sie setzte Wasser auf, um sich einen Cranberry-Tee zu kochen.

„Kochst du mir bitte einen Kaffee?", bat Mark.

„Schon geschehen. Ich habe die Kaffeemaschine bereits angestellt. Dein Kaffee kommt sofort - blond, mit vier Löffeln Zucker, ich weiß", erklärte Natalie.

„Du weißt noch, wie ich meinen Kaffee trinke?", war Mark erstaunt.

„Ja, das weiß ich noch. Ich meine, immerhin waren wir verlobt. Da habe ich mir durchaus gemerkt, wie du deinen Kaffee trinkst", Natalie füllte die schwarze Brühe in eine Thermoskanne und verschloss diese.

Mark begann, die Stühle im großen Besprechungsraum von den Tischen zu nehmen und um die Tische zu platzieren, während Natalie die Thermoskanne mit Kaffee, eine zweite mit Tee, ein Zuckerdöschen mit einem Teelöffel, eine gläserne Obstschale, einige

Gläser und einige Wasserflaschen auf den Tisch stellte.

„Ich habe zwanzig Beamte weiblichen und männlichen Geschlechts aus verschiedenen Abteilungen hinzugeholt", erklärte Dr. Natalie Coenen.

„Dir liegt der Fall sehr am Herzen nicht wahr?", fragte Mark einfühlsam.

„Ich möchte nur, dass wir auf alles vorbereitet und bestens ausgerüstet sind. Natürlich wäre der optimale Fall, wir würden das Mädchen lebend finden. Jetzt müssen wir noch auf die Kollegen warten", Natalie lief nervös im Besprechungsraum auf und ab.

Die Tür wurde geöffnet und die Beamten traten nach und nach ein. Jordan von der Spurensicherung war der letzte. Er keuchte eine Entschuldigung, wischte sich mit seinem Jackett-Zipfel über die Brillengläser und tippte noch hastig etwas in sein Handy, das er anschließend ebenso schnell in der Innentasche seines Jacketts verschwinden ließ. Dann setzte er sich räuspernd.

„Da wir nun vollzählig sind, begrüße ich Sie alle ganz herzlich", begann Dr. Natalie Coenen, „wir werden heute eine Sonderkommission bilden. So können wir alle Bereiche abdecken und das Mädchen schneller finden. Da ich mit Ihren Vorgesetzten gesprochen habe, kenne ich bereits Ihre Namen. Das erleichtert vieles und wir können sofort loslegen."

Dann begann sie, die Details des aktuellen Falles zu erläutern: „Die SOKO wird „*Spielplatz*" heißen; ich denke, das passt am besten, da Selina Nattermann bei einem Spielplatzbesuch mit ihrer Mutter verschwunden ist." Dr. Natalie Coenen machte eine kurze Pause und atmete tief durch, ehe sie weitersprach „Selina ist am *28. März* verschwunden…"

„Warum beginnen wir erst jetzt mit der Suche nach dem Kind?", warf Kommissar Michaelis in einem Ton ein, der die Kriminalrätin beinahe zur Weißglut brachte. Aber es gelang ihr, äußerlich ruhig zu bleiben.

„Kommissar Burscheid und ich haben die Mutter von Selina natürlich dasselbe gefragt. Ja, sie hat uns zu spät informiert. Auf unsere Nachfrage hin sagte sie uns wörtlich: ‚Ihr Bruder meinte, das Selina bestimmt bei einer Freundin sei und bald wieder auftauchen würde. Deshalb habe sie erst so spät die Kriminalpolizei eingeschaltet'", erklärte Natalie ruhig.

Da Kommissar Michaelis nichts erwiderte, fuhr Natalie fort: „Ich denke, wir sollten den Onkel des Mädchens als erstes näher beleuchten. Ich weiß nicht, warum, aber irgendwie habe ich ein merkwürdiges Gefühl bei diesem Mann. Mark Burscheid und ich werden den Onkel und das gesamte familiäre Umfeld der Familie Nattermann etwas näher unter die Lupe nehmen. Kommissar Michaelis, Sie werden gemeinsam mit Jordan die Spuren, die auf dem Spielplatz gesichert wurden, auswerten. Und Sie werden alle Menschen, die auf dem Spielplatz sind, befragen, ob sie am Tag von Selinas Verschwinden ebenfalls dort waren, und falls ja, ob sie irgendetwas Auffälliges beobachtet haben", teilte Natalie die SOKO ein. „Dann Rechtsmedizinerin Dr. Servas…", Natalie stockte, „im Übrigen, wo ist sie eigentlich?", erkundigte sie sich und blickte im Besprechungsraum umher. Ringsum sah sie nur Schulterzucken; niemand wusste etwas.

„Vermutlich ist sie wegen Frank Barkes Prozess heute hier nicht anwesend…" überlegte Dr. Natalie Coenen laut, „wobei sie sich durchaus hätte abmelden können, das hätte ich von ihr erwartet… aber, wie dem auch sei, das tut hier nichts zur Sache, ich werde dies mit Frau Dr. Servas in einem persönlichen Gespräch aus der Welt räumen", kam Dr. Natalie Coenen wieder zum Thema zurück, „nun gut, der Rest von Ihnen gibt Fahndungsfotos heraus und befragt das gesamte Wohngebiet. Noch Fragen?", erkundigte sich die Kriminalrätin. Allseits Schweigen. „Nein? Gut, dann an die Arbeit."

Auf dem Weg zum Gericht dachte Roland über den bevorstehenden Prozess nach. Würde Frank endlich seine gerechte Strafe bekommen? Hoffentlich! Nein, mit Sicherheit! Denn Roland wollte ihm endlich seine Rache ins Gesicht schleudern und anschließend seinen Frieden finden.

Plötzlich überquerte eine Frau die Straße. Roland schaffte es gerade noch rechtzeitig anzuhalten, er war voll auf die Bremse getreten. Das Herz schlug ihm bis zum Hals. „Verdammt noch mal, jetzt reiß' dich zusammen!", ermahnte er sich selbst.

Frank Barke saß auf seinem rostigen, quietschenden Gefängnisbett und dachte über den bevorstehenden Prozess und sein Leben nach. *Nach seiner Festnahme hatte er seine erste Liebe Karin, die Rechtsmedizinerin, nur noch einmal kurz gesehen, als sie ihn im Gefängnis besuchte, um ihm mitzuteilen, dass die gemeinsame vierjährige Tochter Celine ihrem Asthmaleiden erlegen war. Beide hatten sich im Februar 2010 zuletzt gesehen, er hatte Karin und Celine zum Zug begleitet, da Karin für ihre Tochter eine teure Asthma-Therapie in der Schweiz ausgesucht hatte. Seit Karins Besuch herrschte Funkstille.*

Frank hatte sie bei ihrem Besuch über den heutigen Prozesstermin in Kenntnis gesetzt. Doch ob sie kommen würde, darüber hatte sie sich nicht geäußert. Bei Karins Besuch hatten die beiden auch beschlossen, sich endgültig zu trennen und die Vergangenheit hinter sich zu lassen. Frank stand auf und trat zu dem kleinen Spiegel, der über dem Waschbecken hing. Er betrachtete sein Gesicht und erschrak bei seinem eigenen Anblick. Sein Gesicht wirkte eingefallen, er hatte tiefe, dunkle Ringe unter den Augen und ihm wuchs ein Bart. Da hörte er, dass jemand seine Zelle öffnete. Ein hochgewachsener, schlanker Mann mit aschblonden Haaren in Uniform trat ein. Wortlos streckte Frank ihm beide Hände hin, und der Polizist legte ihm die Handschellen an. Dann ging es in den Gerichtssaal.

🔫 🔫 🔫 🔫 🔫 🔫 🔫 🔫 🔫

Karin Servas lag, in eine Wolldecke gewickelt, auf ihrem weißen Sofa. Es war eisig kalt, fand sie. Außerdem fühlte sie sich unwohl, müde und schlapp. Sie dachte über Franks heutigen Prozess nach. War der Mann, mit dem sie mehr als acht Jahre ihres Lebens verbracht hatte, mit dem sie eine gemeinsame Tochter hatte, wirklich zu so etwas Entsetzlichem fähig? Das konnte doch nicht sein! Sie hatte doch gesehen und gespürt, wie liebevoll er all die Jahre mit seiner Tochter Celine umgegangen war. Und jetzt sollte er schlampig ermittelt, einen potentiellen Mörder laufen lassen und Körperverletzung begangen haben? Das war ihr unbegreiflich! Mit diesen Gedanken dämmerte sie in einen unruhigen, traumlosen Schlaf…

Die gegründete SOKO „Spielplatz" schrieb Presse-
mitteilungen und versorgte die Medien mit Infor-
mationen über das Mädchen. In der Zeitung sollte eine
Hinweisseite erscheinen, auf der nach dem Mädchen
gesucht werden sollte, im Fernsehen und bei
Radiostationen sollte es Sondersendungen geben.
Währenddessen waren Natalie Coenen und Mark
Burscheid auf dem Weg zu Frau Nattermann. Das
Haus von Familie Nattermann war ein riesiges An-
wesen in einem saftig grünen Park, einem Swimming
Pool, einem großen Garten und einem kleinen See. Die
Fassade des Anwesens war weiß und gelb gestrichen.

„Nicht schlecht", Mark Burscheid pfiff anerkennend
durch seine Finger.

„Wer es sich leisten kann", murmelte Natalie und
nickte dankend, als Mark ihr das große Hoftor aus
schwarz gefärbtem Eisen aufhielt. Schweigend stiegen
sie dreimal drei Treppen hinauf, die zu zwei weiteren
Stufen direkt vor der Wohnungstür führten. Die
Klingel bestand aus Messing und war wie ein Hufeisen
geformt. Mark zog an der Klingel. Zwei Sekunden
später wurde die Haustür von einer Frau in einem
kurzen, schwarzen Kleid mit weißer Schürze geöffnet,
vermutlich die Hausdame.

„Zu wem möchten Sie?", erkundigte sich die Frau mit russischem Akzent. Sie war nicht besonders groß und pummelig.

„Kriminalpolizei, das ist meine Chefin, Kriminalrätin Dr. Natalie Coenen. Ich bin Kommissar Mark Burscheid. Wir möchten gerne zu Frau Nattermann", Mark zeigte seine Dienstmarke und deutete dabei auf seine Begleitung.

„Wegen Selinas Verschwinden, vermute ich. Ich weiß nichts. Kommen Sie bitte herein, Frau Nattermann ist im Esszimmer", die Dame führte die Kommissare zu Selinas Mutter. Frau Nattermann trug eine blau-schwarze Tunika, eine schwarze Leggins und schwarze Schuhe. Die goldbraunen Haare hatte sie zu einem Knoten hochgesteckt, der perfekt zu ihrem blassen Gesicht, das mit Sommersprossen übersät war, passte, wie Natalie fand. Auch mit ihren grünen Augen harmonierte ihre Haarfarbe ausgezeichnet. Durch den Haarknoten und die feinen Lippen wirkte sie starr und kalt, als sei sie eine Eisprinzessin. Plötzlich wurde eine Schiebetür geöffnet und ein großer, hochgewachsener Mann in Anzug mit hellblauem Hemd und Krawatte trat ein.

„Guten Tag, mein Name ist René Brehme. Ich bin Selinas Onkel, der Bruder ihrer Mutter", erklärte der Mann und reichte zuerst Natalie und anschließend Mark die Hand. Seine Hand roch nach Keller. „Gibt es denn schon neue Erkenntnisse über den Verbleib meiner Nichte?", fragte er angespannt.

„Seien Sie versichert, wir tun alles Menschenmögliche, um Selina so schnell es geht zu finden", antwortete Natalie. Und an Selinas Mutter gewandt: „Was ist eigentlich mit dem Vater des Kindes, leben Sie getrennt?"

„Mein Mann Raimund hat uns *vor drei Jahren* verlassen, um mit seiner Jugendliebe ein neues Leben anzufangen", Frau Nattermann wurde von einem heftigen Schluchzer geschüttelt.

„Mein lieber Herr Schwager hat sich ohnehin nicht mehr um seine Tochter gekümmert, aber wenigstens gezahlt hat er. Und jetzt hören Sie bitte auf mit Ihren zeitverschwendenden Fragen. Suchen Sie stattdessen lieber meine Nichte. Sie sehen doch, wie sehr meine Schwester dass alles mitnimmt", fauchte der Onkel.

„Das hätten wir gerne schon *seit fünf Tagen* getan, wenn Sie Ihrer Schwester nicht geraten hätten abzuwarten", konnte Mark sich eine spitze Bemerkung nicht verkneifen.

„Ich habe wirklich gedacht, sie käme bald zurück, das war schon öfter der Fall, wenn sie bei einer Freundin war. Selina war manchmal ein bisschen schwierig", erwiderte der Onkel. „Sie haben sicher nichts dagegen, wenn ich mich jetzt verabschiede, ich habe noch einen dringenden Termin in der Stadt."

Nachdem sie von der Mutter die Adresse ihres Ex-Mannes erhalten hatten, sowie eine Beschreibung der Kleidung, die das Mädchen am Tag ihres Verschwindens getragen hatte, verabschiedeten sich die Kommissare.

Draußen vor der Wohnungstür machte Natalie ihrem Ärger Luft: „Was für ein eitler Gockel, ich hasse solche Typen! Und mein Bauchgefühl sagt mir, dass mit dem irgendetwas nicht stimmt."

„Leider geht es in unserem Job nicht immer nach Gefühl, wie du sicher weißt", entgegnete Mark.

„Ja, bei dir sowieso nicht. Komm, lass uns mal den Vater checken", sie stieg in den Wagen.

Donnerstag, 4. April 2013

Die Vögel zwitscherten am dunklen Morgenhimmel. Jetzt fing es auch noch an zu regnen, es war ein feiner, lauwarmer Aprilregen. Eilig stieg Raimund Nattermann die schwarz-gefliesten Stufen zu seiner Villa hinauf, die durch den Regen extrem rutschig waren. Hier hätte man sich, wenn man gefallen wäre, ganz leicht das Genick brechen können. Er suchte in der kleinen Tasche seines Jacketts nach seinem Hausschlüssel. In der Eile hatte er, als er sich von Polazk in Weißrussland auf den Weg nach Deutschland gemacht hatte, vergessen, eine anständige Regenjacke mitzunehmen. Endlich hatte er den Hausschlüssel gefunden. Er schloss die Tür auf, trat in den Flur, zog seine Jacke aus und sah auf den Anrufbeantworter, der ihm keine neuen Nachrichten anzeigte. Dann trat er ins Wohnzimmer und goss sich ein Glas Whisky ein. Damit setzte er sich auf sein Sofa, lehnte sich im weißen Leder zurück und nahm einen Schluck. Anschließend verschränkte er die Hände hinter seinem Kopf und schloss die Augen. Er spürte das Brennen des Alkohols in seiner Kehle, das loderte, als wäre es ein Feuer, das er auskostete und bis zum letzten Schluck genoss.

Mark stand im Schlafanzug in der dunklen Küche am Fenster und hielt ein Glas Wasser in der Hand. Schon die halbe Nacht stand er hier, weil er einfach nicht recht in den Schlaf hatte finden können. Selinas Vater hatten sie gestern nicht persönlich angetroffen. Doch Natalie und Mark beschlossen, ihn heute noch einmal zu besuchen. Mark dachte andauernd über Natalies gestrige Worte nach, *bei ihm ginge es nicht nach Gefühl?!* Offenbar hatte sie das geschäftliche mit früheren privaten und persönlichen Differenzen vermischt und dabei irgendetwas gehörig durcheinander gebracht! Würde er sich im Dienst jedes Mal auf sein Gefühl verlassen, würde er die wahren Täter in manchen Fällen definitiv niemals finden, war er überzeugt. Trotzdem ließen die Worte seiner Ex-Verlobten ihm in dieser Nacht keine Ruhe mehr.

Das Treffen mit Maike gestern im Kommissariat war auch nicht zustande gekommen, weil ihr Ex-Freund plötzlich einen überaus wichtigen Termin hatte. Mark war das eigentlich nur recht, er wollte diesen Aufschneider, für den er ihn hielt, ohnehin nicht kennenlernen. Maike allerdings war wegen des abgesagten Treffens ziemlich geknickt gewesen.

Wenn Natalie jetzt hier wäre. Sie hätte längst bemerkt, dass er wach geworden war und das Schlafzimmer verlassen hätte. Und dann wäre sie ganz selbstverständlich zu ihm in die Küche gekommen, hätte ihn von hinten mit ihren langen, schlanken

Armen umschlungen, er hätte sich halb zu ihr umgedreht und sie hätte ihn geküsst. Anschließend hätte sie ihn angesehen und ihn in ihrem liebevollen und zugleich fordernden Ton gebeten, ihr auf der Stelle zu sagen, was los sei. Er hätte ihr erzählt, was ihn bedrückte und anschließend hätten sie gemeinsam heiße Schokoladen getrunken, Natalie war immer der Ansicht gewesen, dass das am besten gegen Kummer half. Jetzt hatte er jedoch keine Lust auf eine heiße Schokolade, alleine. Er beschloss, eine Motorsport-Zeitschrift zu lesen, um sich etwas abzulenken. Im Schlafzimmer hörte er Maike leise und gleichmäßig atmen.

Er hatte Bewährung bekommen, heute sollte er sich eigentlich unverzüglich bei seinem Bewährungshelfer melden. Eine gemeinnützige Tätigkeit in einem nahe gelegenen Altenheim war die Auflage gewesen. Er würde sich bestimmt nicht bei seinem Bewährungs-helfer melden, was glaubte der Richter eigentlich?! Er musste verschwinden, solange es noch Nacht am Himmel war! Eilig warf er seine Sachen in eine große Sporttasche. Anschließend holte er aus seiner Hosentasche ein Wegwerf-Handy und wählte eine ihm altbekannte Nummer. Mit ihm vereinbarte er ein Treffen *in fünfzehn Minuten*, auf einem abgelegenen Waldstück. Als er ankam, wurde er bereits erwartet.

Der Mann trug eine weiß-blaue Jogginghose, einen dicken, weißen Pullover, flache, weiße Turnschuhe und eine graue Wollmütze.

„Du siehst fertig aus, Alter!", wurde er von dem Mann mit der grauen Wollmütze begrüßt.

„Ich hatte schon bessere Tage, und du?", fragte er.

„Ich auch. Ich auch. Ich saß schon zig-mal wegen Urkundenfälschung....", begann der Mann mit der Wollmütze.

Er nickte einmal kurz. „Das ist mir bekannt, ich habe dich schließlich einige Male abgeführt", erklärte er. „Und jetzt brauche ich genau deshalb deine Hilfe", sprach er sofort weiter.

Der Mann mit der Wollmütze hörte ihm aufmerksam zu: „Wobei soll ich behilflich sein?"

„Ich könnte deine Dienste als Fälscher brauchen. Keine Sorge, ich habe kein Interesse daran, dich anschließend zu verpfeifen. Ich arbeite nicht mehr im Polizeidienst", erklärte er.

„Okay, was benötigst du?", der Mann mit der Wollmütze zog die Augenbrauen hoch.

„Einen Personalausweiß und einen Reisepass. So schnell wie möglich", drängte Frank.

„Das lässt sich leicht einrichten. *Bis heute Abend um 21:00 Uhr* hast du eine neue Identität. Der Name ist egal? Oder hast du besondere Wünsche?", erkundigte sich der Mann mit der Wollmütze.

„Hosea-Mathé Gregory, das wäre ein guter Name", schlug er vor.

„Ich werde das erledigen. Kein Problem. Gib mir ein paar Stunden und du bist ein freier Mann", versicherte der Mann mit der Wollmütze.

Sein Gegenüber nickte.

Die beiden verabschiedeten sich. Als der Fälscher außer Sichtweite war, lächelte er still vor sich hin, ein böses Lächeln.

Mittlerweile war auch Roland aufgewacht. Er reckte und streckte sich ein wenig, gähnte herzhaft. Die einfallenden Sonnenstrahlen blendeten ihn. Manuel hatte auch diese Nacht noch bei Irmgard geschlafen, denn nach dem Urteil, das er Irmgard noch nicht mitgeteilt hatte, hatte er Ruhe und Zeit für sich gebraucht. *Gestern Abend um 18:00 Uhr* hatte er Irmgard dann endlich angerufen und mit ihr abgesprochen, dass Manuel nochmals bei ihr übernachten würde. Offenbar hatte es Manuel nicht gestört, denn Irmgard hatte nicht mehr versucht, ihn zu erreichen. Er ging davon aus, dass dies ein positives Zeichen war. Noch gelang es ihm erstaunlich gut, die Gedanken an den gestrigen Prozess zu verdrängen. Roland aß ein Nuss-Nugat-Creme-Brot zum Frühstück und trank einen Espresso dazu. Nach dem Frühstück sprang er kurz unter die Dusche, putzte seine Zähne und kämmte seine Haare. Anschließend zog er sich an. Dann wählte er Irmgards Nummer. Nach dem vierten Klingeln hob sie ab.

„Hallo Roland, na, alles in Ordnung?", erkundigte sie sich.

„Morgen, Irmgard. Naja, wie man es nimmt... Wie geht es Manuel? War alles okay?", in Rolands Stimme schwang leichte Besorgnis mit.

„Manuel geht es jetzt gut, aber er hat die ganze Nacht nur geweint, gegen *4 Uhr* habe ich es dann endlich geschafft, ihn etwas zu beruhigen. Vielleicht hatte er etwas Angst, ich meine, das war schließlich schon wieder eine ganze Nacht ohne seinen Papa", bemerkte Irmgard.

„Seine Mutter hat ihm bereits öfter gefehlt, Tag und Nacht. Vielleicht kann er sie deswegen gar nicht vermissen", merkte Roland an, und in seiner Stimme schwang eine Spur Sarkasmus mit.

Er würde Nina nie verzeihen, dass sie ihn und den gemeinsamen Sohn nach dem Tod der Tochter im Stich gelassen hatte, weil ihr Tabletten wichtiger waren als ihr eigener Sohn. Und dieser Tony, da war Roland sich sicher, war in Wahrheit nichts anderes als ein Tabletten-Lieferant für Nina. Oder liebte sie diesen Tony etwa doch? Es war ihm egal, Nina konnte tun und lassen was sie wollte, solange sie nie wieder in sein Leben treten würde. Doch Roland war sich sicher, dass sie vermutlich irgendwann, wenn es Streit mit Tony geben würde... oder wenn sie Geld für neue Tabletten brauchte, das Tony ihr sicher nicht ewig bezahlen würde, denn wer außer Tony bezahlte die Tabletten wohl, Nina sicher nicht, von welchem Geld auch? Dann würde Nina wieder vor seiner Tür stehen... oder wenn sie plötzlich doch so etwas wie Muttergefühle in sich entdecken würde, dann könnte sie auch ganz schnell wieder vor seiner Haustür stehen. Roland wollte gar nicht daran denken. Aber irgendwie ließen ihm die Gedanken keine Ruhe.

„Das glaube ich nicht", meinte Irmgard und unterbrach damit seine Gedanken. „Und überhaupt hast du mir noch immer nichts von Franks Prozess erzählt."

„Bevor ich zu meiner Mandantin fahre, komme ich bei dir vorbei, schaue nach Manuel und berichte dir ausführlich von Franks Prozess, in Ordnung?", schlug Roland vor.

„Das ist gut. Denn mein ominöser Fotograf war *heute Morgen* ebenfalls wieder am Werk. Ich war zuerst im

114

Wohnzimmer und habe ein bisschen gelesen. Als ich in die Küche ging, um das Geschirr von gestern Abend zu spülen, wurden wieder zwei Fotos von mir gemacht. Ehrlich gesagt, ich glaube nicht mehr an einen Scherz von irgendwelchen Jugendlichen. Aber ich kann ja auch nicht den ganzen Tag die Rollläden geschlossen halten ", erklärte Irmgard verstimmt.

Roland konnte die Angst in ihrer Stimme spüren. „Ich komme sofort vorbei und wir reden darüber", versuchte er, sie zu beruhigen.

„In Ordnung. Bis gleich", erleichtert legte Irmgard auf.

Roland stieg in seinen Wagen und fuhr los. Während der Fahrt machte er sich Gedanken um Irmgards ominösen Verfolger, oder vielleicht war es ja sogar eine Verfolgerin... Ein Gedanke drängte sich unweigerlich in Rolands Gehirn...vielleicht war es ja Nina. Diesen Gedanken hatte er bereits beim Osteressen gehabt. Als er bei Irmgard ankam, lag Manuel auf seiner Krabbeldecke und gluckste vor sich hin. Roland setzte sich zu seinem Sohn auf die Decke.

„Hör mal", sagte er an Irmgard gewandt. „Mein Vorschlag wäre, dass ich *heute Nacht* hierbleibe und mich gleich *morgen früh* auf die Lauer lege, vielleicht kann ich so deinen unbeliebten Fotografen erwischen."

„Das würdest du tun? Weißt du, mittlerweile habe ich richtig Angst vor diesem Typen", gestand Irmgard.

„Warum bist du dir eigentlich so sicher, dass es ein Kerl sein muss? Warum kann es keine Frau sein?", hakte er nach.

„Ja, eigentlich könnte das sein. Natürlich. Aber reden wir nicht dauernd über mich! Erzähl schon, wie war der Prozess gegen Frank?", wurde Roland sogleich gelöchert.

Roland hob Manuel hoch und wiegte ihn langsam in seinen Armen hin und her. „Dieses Schwein hat nur eine Bewährungsstrafe bekommen, aber mit dem bin ich noch nicht fertig!", antwortete Roland und seine Augen sprühten böse Rachefunken.

Irmgard sah ihn erschrocken an. „Bitte denk an Manuel, dein Sohn braucht dich", versuchte sie, ihm ins Gewissen zu reden.

„Keine Angst. Ich werde immer für meinen Sohne-mann da sein, er hat ja schließlich nur noch uns. Nicht wahr, mein Kleiner!", sprach er wie mit sich selbst. Dann wandte er sich Irmgard zu: „Ich mache mich jetzt auf den Weg zu meiner Auftraggeberin und danach werden wir mal sehen, dass wir deinen Fall lösen."

Er reichte Irmgard das Baby, die heilfroh war, dass Roland ihr helfen würde. Sie drückte Manuel an sich und entgegnete: „Prima, ich koche uns dann etwas Schönes zum Abendessen. Bis später."

Und Roland machte sich auf den Weg zu Ulrike Flemming.

VIER TAGE SPÄTER

Montag, 8. April 2013

Roland war schon *seit 5:00 Uhr* wach. Manuel hatte ihn mit seinem Weinen aus dem Schlaf geholt. Offensichtlich hatte Rolands Sohn Bauchschmerzen, denn Roland hatte ihm die Windel gewechselt, ihn gefüttert, aber nichts konnte Manuel zufriedenstellen, oder gar beruhigen. Roland beschloss, Irmgard anzurufen; er bat sie vorbeizukommen, vielleicht konnte sie ihm einen Rat geben. Er war mit seinem Latein am Ende. Irmgard hatte ihm versprochen, sofort zu kommen.

Nachdem er aufgelegt hatte, glitten seine Gedanken zu dem *gestrigen* Treffen mit Frau Flemming... *Er hatte ihr erzählt, was er herausgefunden hatte: Dass ihr Ex-Mann an einem brisanten Fall gearbeitet hatte – und dass er bereits eine Akte über diesen Fall entdeckt hatte – die Akte hatte er in Jochens Büro in einem offenen Aktenschrank gefunden. Roland hatte sich- als Heizungsableser getarnt- Zugang zu dem Büro verschafft. Allerdings war er beim Lesen gestört worden, und so hatte er die Unterlage hektisch zurück in den Aktenschrank gesteckt, sich hinter der Tür versteckt und gewartet, bis er wieder alleine war.*

Danach hatte er das Gebäude schnell verlassen. Frau Flemming hatte nichts darauf erwidert, sondern ihm die ganze Zeit nur stumm zugehört. Zum Ende seines Berichtes hatte er ihr verkündet, dass er sich in den nächsten Tagen verstärkt um das Umfeld und das Leben von Mona-Leonie Woitack kümmern würde. Sie hatte zustimmend genickt und war mit allem höchst zufrieden und einverstanden gewesen...

Das Klingeln an der Tür riss ihn aus seinen Gedanken. Draußen nieselte es ganz fein. Er eilte in den Eingangsbereich und öffnete. Irmgard stand, mit einer dünnen, schwarzen Regenjacke bekleidet, den pinkfarbenen Regenschirm in der rechten Hand, vor der Tür.

„Hallo Irmgard, schön, dass du gleich gekommen bist", begrüßte er sie. Nachdem sie ihren Schirm zusammengefaltet hatte, gab er ihr zwei Wangen-küsschen, links und rechts.

„Hallo Roland", erwiderte sie und trat ein, nachdem er ihr Platz gemacht hatte. Schon im Hausflur hörte sie Manuel jämmerlich weinen. Roland half ihr aus der Jacke. Sie nickte dankend und folgte ihm anschließend ins Kinderzimmer. Dort angekommen, fühlte sie Manuels heiße Wange und seine Stirn. Sie bat Roland, ihr einen Fieberthermometer für das Ohr aus dem Badezimmer zu holen, und maß Manuels Temperatur. Die digitale Anzeige zeigte 38,5 Grad. Irmgard und

Roland beschlossen, mit Manuel zum Kinderarzt zu fahren – sicher war sicher. Sie warteten bis *9:00 Uhr*, dann rief Irmgard in der Praxis an. Der Kinderarzt versicherte ihr, dass er sie dazwischen schieben könne, und er bat sie, sofort zu kommen. Auf der Fahrt zur Kinderarztpraxis hielt Roland einmal kurz auf dem Seitenstreifen, um Frau Flemming per SMS mitzuteilen, dass er sich heute nicht um Mona-Leonie kümmern konnte, da sein Sohn seine ganze Aufmerksamkeit brauchte. Frau Flemming hatte überaus verständnisvoll reagiert und ihm geschrieben, er solle sich sobald wie möglich telefonisch kurz bei ihr melden, um ihr mitzuteilen, wie er weiter vorgehen würde, und dem Sohn hatte sie gute Besserung gewünscht.

Natalie wälzte sich in ihrem Bett hektisch von der eine Seite auf die andere. *Alles war in schwarz-weißes Licht getaucht. Sie hob das Baby aus seinem Bettchen und drückte den kleinen Jungen an ihr Kinn. Plötzlich schrie das Kind. Seine Augen wurden leer und das Blut schien in schwarzen Rinnsalen aus seinem Körper zu laufen. „Du bist eine Mördermutter, meine Mördermutter. Du hast mich getötet. Nie mehr wirst du ein Kind haben. Mördermutter", das Baby lachte gehässig, dann wich alles Blut aus seinem Körper. Es war tot.* Natalie schreckte mit einem Schrei, schwer keuchend und schweißgebadet aus ihrem Horror-Traum auf. Sie setzte sich im Bett auf. Ihr Herz schlug ihr bis zum Hals, da klopfte es an ihrer Zimmertür.

„Herein", erwiderte sie schwach und keuchend; aufgrund dieses Traumes stand sie komplett neben sich.

„Schwesterchen, was ist denn los? Du hast geschrien", Jakob riss die Zimmertür auf und trat besorgt an Natalies Bett. Er setzte sich und fuhr mit seiner Hand durch das blonde Haar seiner Schwester. Er bemerkte sofort, dass irgendetwas sie sehr aufgewühlt haben musste.

„Ich habe geträumt, dass mein toter Sohn sich an mir rächen will, ich werde nie wieder ein Kind haben. Ich bin eine Mördermutter…Mördermutter hat Valentino gesagt…Mördermutter", flüsterte Natalie.

„Dein Unterbewusstsein hat dir vermutlich nur einen Streich gespielt, weil du dir sosehr ein Kind wünschst, da ist es doch nur logisch, dass du so etwas träumst. Komm mal her", versuchte Jakob seine Schwester zu beruhigen, er drückte sie fest an sich.

„Wahrscheinlich hast du Recht", stimmte sie ihrem Bruder murmelnd zu. Sie löste sich aus seinem Griff und bat ihn zu gehen. Dann zog sie sich an, aß eine Kleinigkeit und fuhr dann ins K11.

Die Uhr zeigte *9:30 Uhr,* als sie im Büro ankam. Natalie saß an ihrem Schreibtisch und starrte unbewegt auf den schwarzen Monitor.

Plötzlich wurde die Bürotür geöffnet und Mark trat ein. „Einen wunderschönen guten Morgen!", rief er freudig.

Natalie erschrak und zuckte zusammen: „Hey."

Mark zog seine Jacke aus und hängte sie an die Garderobe. Er trat hinter Natalies Schreibtisch und stellte sich neben sie. Sein Blick fiel auf den schwarzen Computerbildschirm, und er fragte verwirrt: „Sag mal, ist alles okay mit dir?", eine Spur von Besorgnis lag in seiner Stimme.

„Ja, sicher. Alles in Ordnung. Ich bin nur ziemlich nervös, leicht reizbar und schreckhaft in letzter Zeit, ich weiß auch nicht, warum", erklärte sie.

„Okay, was steht heute an?", wechselte Mark das Thema.

Für einen Moment habe ich wirklich geglaubt, er würde sich tatsächlich für mich als Menschen interessieren. Aber dem war offenbar nicht so. Sonst hätte er nicht so ohne weiteres von unserer privaten Unterhaltung zum Geschäftlichen übergehen können. Oder hatte ich wieder einmal viel zu viel in seine Worte hineininterpretiert? War ich, wie so oft, mit zu viel

Hoffnung und Gefühl bei der Sache gewesen? Wie auch immer, es ist mir egal, es interessiert mich nicht mehr. Ich bin Marks Chefin, muss mit ihm arbeiten, mit ihm auskommen, aber mehr auch nicht, dachte sich Natalie.

„Also, was steht denn nun heute an?", wiederholte Mark; langsam war Ungeduld in seiner Stimme hörbar.

Du bist Profi, Mark. Du bist eiskalt, immer präzise, und du lässt nichts an dich heran, gar nichts. Du bist der perfekte Kommissar, du hast keine Skrupel und zweifellos das Zeug, einmal ganz oben auf der Karriereleiter zu stehen. Der Nachteil daran: Dann wirst du sehr einsam sein, dachte sie, sagte aber stattdessen: „Wir sollten noch einmal zu Selinas Vater fahren, vielleicht haben wir heute mehr Glück."

„Alles klar", sofort machten sie sich auf den Weg.

Roland, Irmgard und Manuel waren mittlerweile beim Kinderarzt, Herrn Dr. Hubert Linke, angekommen. Der Arzt untersuchte Manuel und stellte fest, dass der drei Monate alte Junge einen Grippalen Infekt mit einer Hals-Entzündung hatte. Er gab Roland ein fiebersenkendes Mittel mit. Anschließend wünschte er dem kleinen Mann gute Besserung und verabschiedete sich.

Selinas Vater wohnte in einer großen, hellroten Villa, deren Tür- und Fensterrahmen in Weiß gehalten waren. Um das Haus zu betreten, musste man die schwarz gefliesten Stufen hinaufsteigen. Mark betätigte die Haustürklingel. Einige Augenblicke später wurde die Tür geöffnet. Ein großer, hagerer Mann mit lichtem Haar stand im Türrahmen, bekleidet mit einem schwarzen Anzug mit Krawatte und Lackschuhen. Einer der Männer - davon war Natalie schon beim ersten Anblick überzeugt - die ihre Arbeit und ihre Arbeitskleidung durch einen Zwang, der unerklärlich schien, einfach niemals mehr ablegen konnten. Einer von jener Sorte Männer, die sich nie wirklich vollkommen und ganz auf eine Ehe oder eine Partnerschaft einlassen konnten, weil sie in ihrem Herzen immer felsenfest und untrennbar mit ihrer Arbeit verheiratet blieben. Mit diesem Gedanken im Hinterkopf interessierte sich Natalie nicht einmal sonderlich dafür, ob dieser Mann nun eine neue Partnerin hatte, oder nicht.

Sie hielt dem Mann ihren Dienstausweis unter die Nase. „Kriminalpolizei, Kriminalrätin Dr. Natalie Coenen, das ist mein Kollege Kommissar Mark

Burscheid", stellte Natalie sich und ihren Begleiter vor.

„Sind Sie Raimund Nattermann?", ergänzte Mark.

Der Mann musterte die Ausweise kritisch: „Ja, der bin ich. Was kann ich für Sie tun?", fragte er.

„Dürften wir kurz reinkommen?", bat Natalie.

„Gerne", Raimund Nattermann trat zur Seite und die Kommissare folgten ihm ins Wohnzimmer. „Bitte", sagte er, und wies auf das weiße Sofa. Natalie nahm dankend an und setzte sich, während Mark es vorzog zu stehen.

„Worum geht es?", wollte Herr Nattermann nun wissen.

„Ihre Tochter ist am *28. März* bei einem Besuch auf dem Spielplatz verschwunden. Ihre Ex-Frau sagt, sie habe sich kurz umgedreht und dann, als sie wieder hingesehen hatte, sei Selina verschwunden gewesen...", Natalie erzählte Herrn Nattermann, wie sich laut Aussage seiner Ex-Frau und deren Bruder alles zugetragen hatte. Sie berichtete auch, dass die Kripo erst sehr spät informiert worden war, und dass dies wohl an Selinas Onkel lag.

„Das war ja klar. René hat ja auch noch nie ein gutes Haar an mir gelassen, nie war ich gut genug...schon gar nicht für Selina!", regte Herr Nattermann sich auf, „fragt sich nur, warum Sie und Ihre Kollegen so spät informiert wurden. Ich hatte von all dem nicht die geringste Ahnung. Ich war auf einer Geschäftsreise, das können meine Geschäftspartner bestätigen!"

Natalie und Mark notierten sich die Namen der Geschäftspartner; und Herr Nattermann versprach, sich zu Ihrer Verfügung zu halten. Natalie und Mark verabschiedeten sich.

Als die beiden Kommissare im Auto saßen, meinte Natalie „Irgendwie kommt Herr Nattermann mir glaubhafter vor als der Onkel, dieser Herr Brehme."

„Ja ich finde auch, dass Herr Nattermann glaubhafter wirkt als Herr Brehme. Auf den hast du dich ja sowieso eingeschossen. Aber von mir aus können wir *heute Nachmittag* gerne noch einmal bei ihm vorbeifahren", kam Mark ihr entgegen.

„Einverstanden", Natalie setzte Mark zur Mittagspause am Marktplatz ab. Ursprünglich hatte er sich dort mit Maike verabredet, ein erneuter Versuch, ihm ihren Ex-Freund vorzustellen - aber sie hatte ihm kurzfristig per SMS abgesagt; sie schrieb, ihrem Ex-Freund sei etwas dazwischen gekommen, so dass er das Treffen gerne verschieben wollte.

Dienstag, 9. April 2013

Mark stand in der Küche. Er war wie gelähmt. Maike war erst *spät in der Nacht* nach Hause gekommen. Den ganzen gestrigen Abend war sie weg gewesen. Plötzlich schlich sich das Bild, das sich ihm gestern Mittag geboten hatte, wieder in seine Gedanken:

Natalie hatte ihn am Marktplatz abgesetzt. Anschließend war sie weitergefahren und er hatte sich trotzdem zu dem Café begeben, weil er etwas essen wollte. Dort hatte er es gesehen: Maike lächelnd und scherzend mit einem anderen Mann. Und schlimmer noch: Der Mann, der Maike so zum Lachen gebracht hatte, war Selinas Onkel gewesen! Er hatte das Café verlassen; die beiden hatten ihn nicht bemerkt.

Mark hielt es zuhause nicht mehr aus. Er beschloss, aufs Kommissariat zu fahren.

Natalie hatte schlecht geschlafen. Ihr war heiß und schwindelig. Sie hatte keinen Hunger, aß jedoch trotzdem schnell ein Knäckebrot mit Frischkäse und trank einen Tee dazu. Jakob war nicht da. Er hatte die *letzte Nacht* vermutlich bei Sybille verbracht. Natalie kannte diese Frau noch nicht; vielleicht würde sich das ja bald ändern, aber schon jetzt spürte Natalie, dass

Sybille Jakob viel bedeutete. In Gedanken bei ihrem Bruder, machte sich Natalie auf den Weg zur Arbeit.

Im K11 angekommen, stieg Natalie die Stufen zu ihrem Büro hinauf. Auf der Treppe stieß sie fast mit Mark zusammen. Kurz angebunden, murmelte sie: „Morgen!"

Zu ihrer Verwunderung fiel Mark gleich mit der Tür ins Haus: „Ich finde, du hattest Recht mit deinem Misstrauen gegenüber Selinas Onkel. Wir sollten den Kerl noch einmal genauer unter die Lupe nehmen!"

Erstaunt blieb sie stehen, hob die Augenbraue und fragte: „Weshalb denn das auf einmal?"

Mark blickte zu Boden. „Ach, ich weiß doch auch nicht, es ist nur so ein Gefühl...", druckste er herum.

Natalie sah ihn prüfend an. Sie stand ihm gegenüber auf der fünften Treppenstufe und blieb so stehen, dass er ihr nicht ausweichen konnte. Erwartungsvoll blickte sie von dort auf ihn herab: „Also los, Mark, spuck es schon aus, was bedrückt dich? Irgendetwas stimmt doch mit dir nicht, das sehe ich dir an, und ich spüre, dass dich etwas belastet."

Gleichzeitig ärgerte sie sich über sich selbst. *Warum interessiert mich das eigentlich?* Sie wusste selbst keine Antwort auf diese Frage.

Mark atmete tief durch und sah sie bedeutungsvoll an: „Also schön, *gestern*, nachdem du mich auf dem Marktplatz abgesetzt hattest, bin ich zu dem Café gegangen, in dem ich mit Maike verabredet war. Sie hat kürzlich ihren Ex-Freund wieder getroffen und wollte ihn mir vorstellen – dort im Café. Anschließend wollte sie mit ihm ins Museum gehen. Aber kurz vor Mittag hatte Maike abgesagt – angeblich, weil ihrem Freund etwas dazwischen gekommen war! Und dann komme ich ins Café und was sehe ich? Maike! Quietschvergnügt an einem Tisch mit einem Typen! Sie haben mich nicht einmal bemerkt! Und stell dir vor, wer der Freund war: Unser lieber Herr Brehme", berichtete Mark; seine Stimme zitterte.

Natalie spürte, dass er wütend, verletzt und unendlich traurig zugleich war. Aus einem Impuls heraus, legte sie ihm ihre Hand auf den Arm und er ließ die Berührung erstaunlicherweise regungslos zu. Nach einigen Sekunden zog sie ihren Arm zurück. Doch Mark fühlte noch immer ihre Hand auf seinem Arm und spürte, wie gut ihm diese Berührung getan hatte. Schweigend stiegen sie die letzten Stufen zum Büro hinauf. Mark hielt ihr die Tür auf, und sie nickte dankend, als sie hindurch ging.

„Darf ich?", fragte Mark, mit Blick auf ihren Mantel.

„Gerne", erwiderte Natalie; ihre Verwunderung über Marks plötzliche, fast schon übertrieben aufgesetzte

Höflichkeit ließ sie sich jedoch nicht anmerken; sie hoffte nur, dass er Freundschaft und Hilfsbereitschaft in seinem Kummer nicht mit Liebe verwechselte, denn sollte dies passieren, so ahnte Natalie bereits, wer von ihnen beiden am Ende die Schmerzen haben würde.

Mark half ihr aus dem Mantel, zog anschließend seinen eigenen aus und hängte beide Mäntel an die Garderobe. Anschließend holte er eine Packung dieser weichen Schokokekse, die mit Orangen-Marmelade gefüllt waren, aus dem Schrank und legte sie auf einen Teller. Während Natalie nebenan in der Küche die Kaffeemaschine einschaltete, ließ sich Mark die Kekse munden. Plötzlich vernahm er einen lauten Knall.

„Natalie, alles okay?"

Da keine Antwort ertönte, ging Mark nach nebenan in die Küche, um nach ihr zu sehen. Er erschrak beinahe zu Tode, als er sie entdeckte: Sie lag ohnmächtig in der Küche! Offenbar war sie gegen den Küchenschrank gefallen, das hatte wohl auch der laute Knall zu bedeuten. Vorsichtig setzte Mark sich neben sie. Er hob ihren Kopf leicht an, um zu sehen, ob sie sich bei dem Sturz, oder was es auch immer gewesen war, eine Platzwunde am Hinterkopf zugezogen hatte, dem war glücklicherweise nicht so. Behutsam schlug er ihr auf die Wange. „Hey Natalie, kannst du mich hören?! Komm schon, mach die Augen auf", flehte Mark und rüttelte sie leicht an der Schulter.

Natalie kam langsam wieder zu sich. Verschwommen erkannte sie Marks Umrisse, sie nahm ihn und die Umgebung, wie eine Nebelwand wahr, blinzelte benommen. Mit Marks Hilfe schaffte sie es, sich aufzusetzen. „Was… was ist passiert?", fragte sie mit rauer, schwacher und brüchiger Stimme.

Mark setzte sich neben sie auf den Küchenboden. „Woran kannst du dich denn noch erinnern?", beantwortete Mark ihre Frage mit einer Gegenfrage.

„Ich bin in die Küche gegangen, ich glaube, ich wollte Kaffee kochen und habe die Maschine eingeschaltet, nicht wahr?", legte Natalie die Stirn in Falten.

„Das stimmt. Und worüber haben wir zuvor gesprochen, als wir zum Büro gegangen sind?", erkundigte sich Mark.

„Du hast mir erzählt, dass Maike Selinas Onkel getroffen hat", widerholte Natalie in Kurzform seine Worte.

„Das ist richtig. Glücklicherweise kannst du dich noch erinnern", fand Mark.

„Ich glaube, ich habe heute ein Problem mit meinem Kreislauf, außerdem habe ich *heute Morgen* zu wenig gegessen, ich hatte keinen Appetit", versuchte Natalie eine Erklärung.

„Du musst nicht mehr hierbleiben, wenn es nicht geht", bot Mark an; er war sehr einfühlsam und verständnisvoll.

„Unsinn, ich schaffe das schon", widersprach sie.

„Gut, wie du meinst. Aber jetzt frühstücken wir erst einmal etwas."

„Okay", willigte sie ein, „anschließend reden wir zuerst mit allen Mitarbeitern der SOKO, und danach fahren wir noch einmal zu Herrn Brehme."

Mark war einverstanden.

Roland hatte in dieser Nacht aufgrund von Manuels Infekt nicht in einen tiefen Schlaf gefunden. Zweimal hatte der kleine Junge in der Nacht geweint, sodass Roland schließlich die Nacht über im Schaukelstuhl, der im Kinderzimmer stand, genächtigt hatte - nicht gerade die bequemste Position zum Schlafen, aber für sein krankes Kind tat Roland alles. Die Uhr zeigte *8:00 Uhr*, als es schließlich an der Tür klingelte. Roland öffnete. Es war Irmgard.

„Guten Morgen", begrüßte Roland seine Beinahe-Schwiegermutter und küsste sie einmal rechts und einmal links auf die Wange, er konnte kaum die Augen offen halten.

„Guten Morgen, Roland", erwiderte Irmgard mit einem aufgesetzten und angespannten Lächeln. Trotz seiner eigenen Sorgen bemerkte Roland sofort, dass mit ihr etwas nicht stimmte: „Was ist los?", fragte er, sofort alarmiert.

„Können wir vielleicht reingehen und uns setzen?", bat sie.

„Sicher", Roland trat zur Seite, sie gingen in die Küche und nahmen am Tisch Platz.

„Mein ominöser Verfolger hat mich die ganze Nacht über wieder auf Trab gehalten", erklärte Irmgard, um sofort fortzufahren „ er hat mir Blumen geschickt und wieder Fotos gemacht. Als ich heute Morgen aufgestanden bin, lag das Bild, das auf meiner Eckbank steht und Isabelle mit ihrer Schultüte zeigt, verkehrt herum, also mit der Bildseite nach unten, auf meinem Küchentisch. Ich habe das Bild seit Isabelles Tod nicht einmal mehr angefasst", berichtet Irmgard aufgewühlt.

„Aber das würde ja bedeuten, dass...", begann Roland.

„...mein Verfolger in meiner Wohnung war", vollendete Irmgard seinen Satz.

„Irmgard, ich möchte dir keinesfalls zu nahe treten, aber es muss ja jemand sein, den du kennst! Kann es sein, dass du einen ehemaligen Freund verärgert hast?

Hast du irgendjemandem in der Vergangenheit einmal deinen Wohnungsschlüssel gegeben?"

„Natürlich nicht, was denkst du denn von mir!", empörte sich Irmgard.

„Ich werde sofort deine Schlösser austauschen lassen", versprach Roland.

„Danke, was würde ich nur ohne dich tun…"

NEUN TAGE SPÄTER

Donnerstag, 18. April 2013

Roland hatte zum ersten Mal seit Tagen wieder richtig tief und fest geschlafen. In der *vergangenen Nacht* hatte Manuel durchgeschlafen und nicht geweint. Manuels Infekt war wohl endlich überstanden, glücklicherweise. Leise stand er auf und ging in die Küche, um das Frühstück zuzubereiten. Für Manuel machte er ein Fläschchen. Sich selbst schlug er ein Ei in die Pfanne, verrührte es, gab Speckwürfel dazu und würzte diese mit Pfeffer. Der deftige Duft verteilte sich augenblicklich in der Küche. Während Roland das Ei rührte, um so zu verhindern, dass es in der Pfanne kleben blieb, glitten seine Gedanken zurück zum *9. April.*

Er hatte Irmgards Verfolger mit ihrer Hilfe in ihrer Wohnung gestellt. Der unbekannte Verfolger hatte sich als Irmgards Ex-Mann Bodo Engel, Isabelles Vater, herausgestellt!

Er hatte behauptet, dass er nochmal von vorne anfangen wolle – mit Irmgard! Aber diese hatte ihrem Ex-Mann gesagt, dass sie vorerst nicht bereit sei, mit ihm zu reden, und dass sie Zeit bräuchte. Bodo war mit allem einverstanden gewesen und hatte ihre Wünsche klaglos akzeptiert. Wahrscheinlich, weil ihm bewusst war, dass er nicht zurückkommen und einfach da weitermachen konnte, wo er vor dreiunddreißig Jahren aufgehört hatte.

Außerdem hatte er Ulrike Flemming, die Beweise geliefert, die belegten, dass die neue Freundin ihres Ex-Mannes ihn nach Strich und Faden hinterging. Danach hatte sie ihn bezahlt. Was Frau Flemming nun mit diesen Beweisen anfangen würde, ging ihn nichts mehr an. Den Auftrag hatte er erfolgreich beendet und Ulrike versprach ihm sogar, ihn weiterzuempfehlen. Besser hätte es für ihn nicht laufen können.

🔫 🔫 🔫 🔫 🔫 🔫 🔫 🔫

Nina hatte schlecht geschlafen. Sie war von den Kälteattacken, die die Tabletten zur Folge hatten, wach geworden. *Die ganze Nacht* hatte sie deshalb fast kein Auge mehr zugetan. Dann hatte sie sich auch noch übergeben müssen. Ihr Magen hatte sich vor Schmerzen zusammengekrümmt und sie hatte geschrien. Tony war davon aufgewacht. Er hatte sie angebrüllt und geschlagen. Seine Wutausbrüche häuften sich in der letzten Zeit. Eine blutige Lippe und ein blaues Augen hatte sie bereits mehrfach davongetragen und gestern hatte Tony ihr in den Bauch getreten. *Nina dachte an das kleine Baby, das neben ihr gelegen hatte, als sie einen Prosoxyzyla-dronin-Absturz hatte.* Sie erinnerte sich daran, dass

Roland den schreienden Manuel aus der Wiege genommen hatte. Nina hatte auf der Couch, neben der die Wiege gestanden hatte, gelegen. *Nina sah sich selbst, wie sie mit blutverkrusteten Lippen und glasigen Augen ihren Mann und ihr Kind dabei beobachtete, wie beide sich immer weiter von ihr entfernten. Mit ihren Lippen hatte sie versucht, Worte zu formen, doch aus ihrem Mund war kein Ton gedrungen. Dann war Roland mit Manuel gegangen. Das letzte, woran sie sich erinnern konnte, war, dass sie in einem Krankenwagen wieder zu sich gekommen war. Am 14. Februar hatte sie beschlossen, ihre kleine Familie zu verlassen, die ganze Tragweite ihres Tuns war ihr mit einem Mal schlagartig bewusst geworden. Sie mochte sich gar nicht ausmalen, was passiert wäre, hätte Manuel schon krabbeln oder gar laufen können. Was, wenn er versehentlich eine dieser Tabletten verschluckt hätte und sie hätte das in ihrem Dämmerzustand nicht mitbekommen?! Sie hätte es sich niemals verziehen, wenn ihrem Sohn ihretwegen etwas passiert wäre! Manchmal, wenn Tony sie wieder einmal in einem Ausbruch des unbeherrschten Zorns, auf einen nichtzahlenden Werkstattkunden, oder wen auch immer, wahllos geschlagen hatte, hatte sie sich bereits mehr als einmal überlegt, einfach versehentlich eine Überdosis Prosoxyzyladronin einzunehmen. Tony würde das ohnehin erst bemerken, wenn sie schon tot sein würde. Und Roland und Manuel? Nina war sich sicher, dass weder Roland, noch ihr Sohn sie vermissen würden. Aber irgendetwas in ihr sträubte sich gegen den Gedanken, eine Überdosis einnehmen zu können.*

Plötzlich bekam sie wieder eine Schmerzattacke. Sie schrie, in der Hoffnung Tony würde jetzt endlich aufstehen, nur um nach ihr zu sehen, oder nach ihrem Wohlergehen zu fragen. Mehr wollte sie nicht. Doch ihre Hoffnung blieb unerfüllt. Stattdessen öffnete sich die Kinderzimmertür und Lucas streckte mit verschlafenem Blick den Kopf heraus, seinen Teddybär an seinen Schlafanzug, der mit Autos bedruckt war, gepresst, und rieb sich die müden Augen.

„Habe ich dich geweckt?", keuchte Nina unter Schmerzen.

„Macht nichts. Ich konnte ohnehin nicht mehr schlafen, weil ich schlecht geträumt habe", meinte Lucas.

„Erzähl doch mal, was ist denn in deinem Traum Schlimmes passiert?", fragte Nina neugierig, langsam beruhigte sich ihr Magen.

„Ich war ganz alleine in meinem Zimmer und es war dunkel. Plötzlich hat sich meine Schranktür quietschend bewegt und immer einen Spalt weiter geöffnet und dann war plötzlich ein grüner Kopf zusehen, mit roter Zunge, so ähnlich, wie ein Dinosaurier. Der war erst ganz lieb und ich konnte ihn sogar streicheln. Seine Haut hat sich ganz weich angefühlt. Aber dann hat er mich gebissen und angefangen Feuer zu spucken, das hat ganz doll gebrannt und dann wollte er mich fressen. Da bin ich dann zum Glück aufgewacht", Lucas war jetzt noch immer ganz aufgeregt.

Nina setzte sich aufs Sofa und klopfte mit ihrer Hand auf den freien Platz neben sich „Komm setz' dich zu mir", bat sie, und Lucas setzte sich neben sie.

„Weißt du, manchmal vermisse ich meine Mama ganz doll", sagte Lucas traurig.

Nina fuhr dem Jungen mit der Hand über den Arm.

„Was ist denn mit deiner Mama passiert? Warum ist sie nicht mehr bei euch? Weißt du das? Hat dir dein Papa jemals etwas über sie erzählt?", bohrte Nina weiter.

„Papa hat gesagt, sie ist zu krank gewesen, um sich um mich zu kümmern. Deshalb ist sie nicht hier. Als ich Genaueres nachgefragt hab, hat er gesagt, dass er nicht weiß, ob sie noch lebt, meine Mama", erzählte Lucas.

Plötzlich betrat Tony das Wohnzimmer. „Was ist denn hier los?", wollte er sogleich wissen.

„Nina hat nach meiner Mama gefragt. Lebt sie eigentlich noch, Papa?", löcherte Lucas ihn jetzt.

„Ich weiß nicht, ob deine Mama noch lebt, Lucas! Wenn ja, dann ist das in Ordnung, wenn nicht…, du brauchst sie doch ohnehin nicht, du bist schließlich sieben Jahre lang ohne sie, mit meiner Hilfe, zurechtgekommen", Tony war wütend, nicht auf Lucas – nein, seine Wut richtete sich gegen Nina.

„Und jetzt solltest du noch ein bisschen schlafen", sagte Tony zu seinem Sohn.

„Aber ich kann nicht schlafen – wegen dem Monster, von dem ich geträumt habe", widersprach Lucas seinem Vater.

„Ich verstehe! Ich koche dir eine warme Milch mit Honig, dann bleibe ich noch solange hier, bis du eingeschlafen bist, einverstanden?", schlug Tony vor.

„Ja, aber nur, wenn du mir das Buch mit den kleinen Jungs auf der Baustelle vorliest", verlangte Lucas und tappte zurück in sein Zimmer.

Tony gab sich geschlagen. „Von mir aus!"

Lucas ging vor ins Kinderzimmer, ließ aber das Licht an. „Rutsche einmal bitte ein Stück rüber", bat Tonay, als er kurze Zeit später erschien. Er reichte seinem Sohn die Milch. Lucas machte Platz im Bett und Tony legte sich neben seinen Sohn. Leise begann er, ihm vorzulesen. *Zirka 15 Minuten später* gab Lucas ein brummendes Geräusch von sich, und als Tony den Kopf zu seinem Sohn drehte, war der Junge bereits in das Reich der Träume geglitten. Leise erhob Tony sich und ging zu Nina, die noch immer im Wohnzimmer auf dem Sofa saß.

„Sag mal, spinnst du jetzt total!", herrschte er sie sofort an: „Wie kommst du bloß dazu, den Jungen jetzt nach seiner Mutter zu fragen? Diese Frau war sieben Jahre lang nie für ihn da. Sie schert sich einen Dreck um ihr Kind! Sieben Jahre Funkstille, kein Anruf, kein Brief, keine Karte zum Geburtstag! Lucas und ich sind prima ohne sie ausgekommen! Wir brauchten sie nie, damals nicht – und heute erst Recht nicht!", schrie Tony weiter. Plötzlich wusste er nicht mehr, was mit ihm geschah…Er packte Nina unsanft am Arm und stieß sie von sich weg, sodass sie hart gegen die Wand fiel und sich an der Schulter und am Rücken verletzte. Ruckartig riss Tony sie unsanft wieder hoch. Da fasste sie für sich einen Entschluss…

🔫🔫🔫🔫🔫🔫🔫

Natalie war heute Morgen bereits um *5:00 Uhr* vom KDD-Mitarbeiter Sven aus dem Bett geklingelt worden. Der KDD hatte einen Anruf von einer Anwohnerin bekommen. Aus dem Keller eines Hauses, das nur drei Straßen entfernt von Frau Nattermanns stand, seien Schreie und weinerlich klingende Laute gedrungen, hatte Sven Natalie in Kurzform berichtet. Auch Mark war angerufen worden. Gemeinsam waren beide nun auf dem Weg zum Haus von Frau Nattermann. Die ersten fünf

Minuten der Fahrt waren schweigend verlaufen. Natalie wirkte nervös, wie Mark fand. Schließlich räusperte er sich und meinte: „Vielleicht hätte ich mehr auf deine Bedenken achten sollen. Du hattest schon von Anfang an ein merkwürdiges Gefühl bei Selinas Onkel. Jetzt, wo ich weiß, dass er Maike nahesteht, habe ich dieses Gefühl auch", gab er zu.

„Schon okay. Ich hoffe, du bist noch objektiv?", fragte Natalie.

„Sicher doch!"

Sie waren angekommen und stiegen aus. Der Staatsanwalt Dr. Ferhat Merzati, der als Krankheitsvertretung hier war, und das SEK, die bereits beide von Natalie hinzu gerufen worden waren, standen schon bereit. Während Mark mehrfach an der Tür geklopft und geklingelt hatte, präsentierte Dr. Merzati den Durchsuchungsbeschluss. Niemand hatte geöffnet, also entschloss sich das SEK, die Tür gewaltsam zu öffnen. Natalie, Mark und einige SEK-Männer stürmten sofort in den Keller. Die Kellertür war dreifach altmodisch verriegelt. Das Wimmern und die Schreie wurden lauter, sie kamen definitiv aus dem Keller.

„Selina? Bist du da unten? Hörst du uns? Geht es dir gut? Wir sind von der Polizei und wir holen dich jetzt hier raus! Alles wird gut", rief Natalie durch die Tür.

„Mami, ich will zu meiner Mami", weinte das Kind.

„Du kommst zu deiner Mama, ich verspreche es dir!", versprach Natalie. Endlich hatte das SEK die Tür offen. Den Kommissaren bot sich ein Bild des Grauens, dass sie so schnell wohl nicht mehr aus ihren Köpfen bekommen würden: Selina saß auf einer verdreckten Matratze, gefesselt und mit Wunden an Armen, Beinen und im Gesicht.

„Alles wird gut", sagte Natalie, während Mark das Mädchen befreite. Nachdem Selina ihre Fesseln losgeworden war, hob Natalie sie hoch und fuhr sie gemeinsam mit Mark zu ihrer Mutter.

„Wer hat dich mitgenommen?", fragte Natalie auf der Fahrt. „Dein Vater?"

Das Mädchen schüttelte den Kopf und zögerte. Es kämpfte mit sich, das war deutlich zu sehen.

„Onkel René", brachte sie schließlich leise hervor. Mark und Natalie waren schockiert.

Kurze Zeit später klingelten sie bei Frau Nattermann. Herr Brehme war ebenfalls dort.

Das Herz von Selinas Mutter sprang vor Freude, als sie ihre Kleine wieder in die Arme schließen konnte, dieses unbeschreibliche Gefühl war ihr deutlich anzusehen. „Was ist passiert? Wo haben Sie meine Tochter gefunden?", fragte Selinas Mutter.

Marks Blick hatte sich an Herrn Brehme festgesaugt.

„Herr Brehme, ich verhafte Sie wegen Kindesentführung", sagte Mark mit fester Stimme. So etwas wie Hass und Triumph lag in seinem Körper. Mark legte Herrn Brehme in Handschellen und führte ihn ab. Frau Nattermann erlitt einen Schock und musste ärztlich versorgt werden. Selinas Vater wurde ebenfalls angerufen und über die Geschehnisse um seine Tochter informiert. Im Beisein einer Kinderpsychologin hatte die kleine Selina schließlich ihre Aussage gemacht. Sie hatte erzählt, dass ihr Onkel sie geschlagen, ihr Dinge eingeredet, sie eingeschüchtert und unter unmenschlichen Umständen in diesem Keller festgehalten hatte. Mehrmals hatte er sie geschlagen. Besonders Natalie, die in ihrem gesamten Berufsleben bei allen möglichen Kommissariaten gearbeitet und in ihrer Laufbahn schon einiges miterlebt hatte, ließen diese Schilderungen keineswegs kalt. Frau Nattermann, die ein Beruhigungsmittel bekommen hatte, war schockiert, als sie von der Aussage ihrer Tochter erfahren hatte. Sie hätte René so etwas niemals zugetraut, jedem, aber nicht ihm, hatte sie ausgesagt. Auch psychologisch musste sie betreut werden. Selinas Vater war von dem Geschehen ebenfalls schockiert gewesen und sagte folgendes:

„Ich habe irgendwie immer gespürt, dass mit Herrn Brehme irgendetwas nicht stimmt".

Mark und Natalie waren zum Kommissariat zurückgefahren. Dort hatten sie mit der Vernehmung von Herrn Brehme begonnen.

„Warum haben Sie Ihre eigene Nichte entführt?", fragte Mark sofort.

„Ich gebe zu, dass ich sie entführt habe. Wissen Sie, ich hatte einmal eine Freundin *vor vielen Jahren*. Ich war der festen Überzeugung, wir würden heiraten. Inga hieß sie. Es hat dann allerdings nur zu einer Verlobung gereicht, die sie gelöst hat, weil sie angeblich die Liebe ihres Lebens gefunden hat, bla, bla, bla. Wir hatten eine gemeinsame Tochter Lea, die damals, das war *vor zwanzig Jahren*, elf Jahre alt war. Als ich sie zum letzten Mal sah. Ich habe alles versucht, war bei allen möglichen Ämtern und habe mir Hilfe gesucht, um meine Tochter sehen zu können, aber Inga ließ keine Art von Kontakt zu. Und als ich wusste, Selina ist jetzt in diesem Alter, da habe ich sie entführt, aber doch nur, weil ich mich um sie kümmern, ihr ein Vater sein wollte. Verstehen Sie das?", fragte Herr Brehme verzweifelt.

„Nein, das kann ich nicht verstehen", erwiderte Natalie kalt.

„Es tut mir leid", wimmerte Herr Brehme. Natalie glaubte ihm kein Wort. René Brehme wurde wieder in seine Zelle geführt. Mark und Natalie saßen sich im leeren Vernehmungszimmer gegenüber.

„Und, was glaubst du?", fragte Mark nach einer Weile.

„Ich glaube, dass dieser Mann das Onkel -Sein mit seiner Vaterliebe verwechselt hat. Er wollte mehr als nur ihr Onkel sein", mutmaßte Natalie.

Langsam dämmerte Mark etwas. „Natürlich, deshalb hat er sich auch an meine schwangere Maike heran-gemacht, es ging ihm nie um sie, er wollte einzig und alleine Kinder", dämmerte es Mark.

„Wirst du es Maike erzählen?", fragte Natalie vorsichtig.

„Ja, aber ich bin der Meinung, wir müssen ohnehin einmal ein Grundsatz-Gespräch über unsere Partnerschaft führen", erwiderte Mark entschlossen.

Natalie strich ihm sanft über den Arm.

ZEHN TAGE SPÄTER

Sonntag, 28. April 2013

Natalie hatte *vor etwa einer Stunde* einen Anruf aus dem Untersuchungsgefängnis erhalten, *der Prozess gegen Herrn Brehme war erfolgreich verlaufen, er saß nun seine Freiheitsstrafe mit anschließender Sicherheitsverwahrung ab.* Diese Neuigkeit hatte sie ihren Mitarbeitern bereits gemailt und eine große Erleichterung im Team war spürbar geworden. Es war deutlich zu merken, wie der Druck der letzten Wochen von den Kommissaren abgefallen war. Schon seit Natalie aufgestanden war – *vor etwa anderthalb Stunden*, hatte sie ein flaues Gefühl im Magen und ihr war übel. Deshalb hatte sie beschlossen, zum Frühstück nichts Essbares zu sich zu nehmen, sondern nur eine Tasse Kamillentee zu trinken und sich eine Wärmflasche zu machen. Sie beschloss ihren freien Tag zu genießen – eigentlich hätte sie noch den Abschlussbericht des Falles „*Spielplatz*" schreiben müssen, aber das hatte Zeit bis heute Nachmittag. Da sie heute ohnehin nur diesen Bericht zu schreiben und ihre Kollegen nichts dringendes mehr zu tun hatten, hatte sie für heute einen Home-Office-Tag beschlossen und diesen Beschluss an die Kolleginnen und Kollegen per Mail weitergeleitet. Jetzt würde

Natalie sich erst einmal lesend auf die Terrasse setzen und die schwachen Sonnenstrahlen genießen.

Roland schlief gerade tief und fest, plötzlich vibrierte sein Mobiltelefon, das neben seinem Bett auf dem Nachtisch lag. Verschlafen rieb er sich die müden Augen und stöhnte leicht. Er tastete nach dem Gerät und nahm den Anruf entgegen.

„Hallo, mit wem spreche ich?", fragte Roland, der den Blick auf das Display vergessen hatte.

„Hier ist Silas Beszus, ich bin der Bewährungshelfer von Ex-Kommissar Frank Barke", sagte der Mann.

„Was kann ich für Sie tun?", fragte Roland erstaunt.

„Sie waren bei dem Prozess von Herrn Barke als Zeuge anwesend und haben eine Aussage gemacht, ist das richtig?", fragte Silas.

„Ja, das stimmt. Ich *bin* der Vater…", die Worte blieben ihm im Hals stecken. Roland räusperte sich. „Ich *war* der Vater, der entführten und getöteten Caroline", erklärte Roland.

„Ach ja, ich erinnere mich, ich habe davon gehört. Wissen Sie, wo sich Herr Barke aufhält?", fragte Silas.

„Nein, ich habe keine Ahnung. Ich dachte Herr Barke wäre bei Ihnen?", fragte Roland verwundert und gleichzeitig stieg ein merkwürdiges Gefühl in ihm auf.

„Herr Barke ist leider zu keinem der mit mir vereinbarten Gespräche erschienen", erklärte Silas.

„Ich bedauere es sehr. Aber ich kann Ihnen diesbezüglich nicht weiterhelfen", bedauerte Roland, der plötzlich wie elektrisiert war.

„Vielen Dank, trotzdem", beendete Silas das Gespräch, „auf Wiederhören."

„Auf Wiederhören", entgegnete Roland und legte auf. Nachdem er aufgelegt hatte, wählte er mit zitternden Fingern Irmgards Nummer.

Irmgard saß mit zusammengefalteten Händen am Küchentisch. Sie war sichtlich nervös. Bodo saß ihr gegenüber, er wirkte deutlich entspannter. Bisher hatten sich beide eisern angeschwiegen.

„Warum kommst du ausgerechnet jetzt wieder? Nach all den Jahren?", brach Irmgard endlich das Schweigen; der leichte, dezente Vorwurf in ihrer Stimme war unüberhörbar.

Bodo konnte es ihr nicht verübeln. Er hatte Isabelle nie aufwachsen sehen und sich nie bei Irmgard gemeldet. Damals, als er sie verlassen hatte und mit einer jüngeren Frau durchgebrannt war, hatte er einen klaren Schnitt gebraucht. Die Frau hatte ihn jedoch schnell wieder verlassen und er war alleine geblieben. In der Zeitung hatte er vom Tod seiner Tochter gelesen. Deshalb hatte er nach Irmgard gesucht, weil ihm klargeworden war, dass sie sich endlich aussprechen mussten. Irmgard und Bodo merkten, dass sie sich beide nach dieser Aussprache gleich leichter fühlten. Bodo hatte ihr erklärt, dass er sich damals mit der Familiensituation überfordert gefühlt hatte. Aber all die Jahre hatte er immer gewusst, dass es ein Fehler gewesen war, die Familie zu verlassen. Irmgard hatte bis heute nicht gewusst, wie schwer ihn Isabelles Tod getroffen hatte und wie sehr er sie vermisst hatte.

„Bitte gib mir noch eine Chance", flehte er sie an. „Ich lasse dir alle Zeit der Welt."

Irmgard hatte ihm nachdrücklich klargemacht, dass sie für einen Neuanfang bereit sei, jedoch nichts überstürzen wolle. Bodo hatte klaglos zugestimmt. Das Klingeln von ihrem Handy riss Irmgard augenblicklich ins Hier und Jetzt zurück.

„Hallo", nahm sie den Anruf entgegen; ihre Stimme zitterte leicht.

„Hallo, Irmgard, ich bin es, Roland", sprudelte er los, ohne abzuwarten, „ich habe eine Bitte, könntest du bitte auf Manuel aufpassen? Kann ich ihn dir vorbeibringen? Ich habe etwas sehr Dringendes zu erledigen." Roland hörte selbst, wie sich ein Ausdruck von Triumph und Rachsucht in seine Stimme mischte.

„Natürlich kannst du ihn vorbeibringen. Wir kümmern uns gut um ihn und werden ihn bei Laune halten, Bodo und ich", versprach Irmgard.

Roland grinste schmunzelnd, offenbar hatten sich die beiden ausgesprochen. Unwillkürlich schlich sich wieder dieser Gedanke in seinen Kopf: *Was wäre, wenn Nina plötzlich vor seine Haustür stünde, weil Tony sie geschlagen hätte oder sie Geld für Tabletten bräuchte.* „Verdammt! Jetzt reiß' dich endlich zusammen, Roland!", fuhr er sich selbst an und verscheuchte den Gedanken.

„Was hast du gesagt?", fragte Irmgard.

„Ich meinte nur, dass ich Manuel dann gleich vorbeibringe", wich Roland aus.

„Bis gleich", Irmgard legte auf.

„Was ist los?", wollte Bodo wissen.

„Roland möchte Manuel vorbeibringen, er hat etwas Wichtiges zu erledigen", entgegnete Irmgard.

„Das ist schön, ich freue mich, Zeit mit dem kleinen Jungen zu verbringen", sagte Bodo, und Irmgard spürte, dass er es ernst meinte.

Eine halbe Stunde später war Roland mit Manuel bei Irmgard und Bodo eingetroffen.

„Hallo", grüßte er die beiden kurz. Manuel lachte quiekend, als er Irmgard erblickte. Vorsichtig strich sie ihm über die Wange.

„Schau mal, das ist Bodo", stellte Irmgard ihn vor, und Manuel streckte neugierig die Hände nach dem Mann aus.

„Wollen Sie ihn einmal halten?", fragte Roland, an Bodo gewandt.

„Ja, gerne. Aber bitte *du,* schließlich warst *du* ja mal mit meiner Tochter verlobt", bat Bodo.

„Gerne", akzeptierte Roland lächelnd und schlug in Bodos ausgestreckte Hand ein.

„Bodo und ich hatten uns bereits überlegt, mit Manuel in den Zoo zu gehen. Es wird ihm bestimmt gefallen und riesigen Spaß machen, die vielen Tiere zu sehen", erzählte Irmgard.

„Mit Sicherheit", fand Roland schmunzelnd, „nicht wahr, mein Schatz?"

Manuel gluckste zustimmend fröhlich vor sich hin. Roland legte Manuel in den Kinderwagen, den Bodo unbedingt schieben wollte.

„Geht doch schon einmal vor, ich komme gleich nach", bat Irmgard, und Bodo ging mit Manuel los.

„Was ist das zwischen dir und Bodo?", wollte Roland schmunzelnd von Irmgard wissen.

„Wir lassen es langsam angehen", sagte Irmgard augenzwinkernd.

Roland lächelte: „Viel Glück!"

„Danke", jetzt lächelte auch sie, wurde dann jedoch sofort wieder ernst. „Und du? Deine wichtige Erledigung? Worum geht es dabei? Ich vermute einmal stark, es hat etwas mit deinem Rachefeldzug gegen Frank zu tun?", erkundigte Irmgard sich.

Roland war immer wieder von der scharfen Beobachtungsgabe der Frau, die beinahe seine Schwiegermutter geworden wäre, verblüfft. „Das ist richtig. Ich habe einen Anruf von Franks Bewährungshelfer bekommen", sagte Roland. „Und jetzt muss ich los", stellte er fest.

„Roland was auch immer du vorhast - mach bitte nichts Unüberlegtes! Denk daran, dein Sohn hat nur noch dich", warnte Irmgard.

„Ich weiß. Ich passe schon auf", versicherte Roland.

Irmgard ging zu Bodo und Manuel. „So, wir gehen jetzt Tiere gucken", sagte Irmgard zu Manuel, der vor sich hin lachte, „da gibt es zum Beispiel Giraffen, die mit dem langen Hals, oder Löwen, oder auch Affen", zählte Irmgard freudig auf.

Da Manuel freudig strampelte, werteten beide das als Zustimmung und machten sich auf den Weg in den Zoo. Am Eingang kauften sie Futtermais für die Tiere. *Anderthalb Stunden* blieben sie dort. Das Ziegengehege interessierte Manuel besonders. Eine Ziege war scheinbar extrem hungrig und hätte um ein Haar den ganzen Pappbecher mit Futtermais in ihr Gehege gezogen, aber Bodo hatte ihn glücklicherweise festgehalten. Für Manuel war der Zoobesuch jedenfalls ein ganz tolles Erlebnis; der Junge schien gar nicht müde zu werden. Irmgard war fasziniert davon, wie liebevoll, sorgsam und geschickt Bodo mit Manuel umging. Es kam ihr vor, als hätte Bodo dreiunddreißig Jahre lang nichts anders getan, als sich um eines oder mehrere Kinder gekümmert. Natürlich bemerkte sie die winzige Spur von Zynismus selbst, die sich in ihre Gedanken legte.

Natalie tippte gerade ihren Bericht über den letzten Fall. Ihr war immer noch übel und sie spürte leichte Bauchschmerzen. Daher beschloss sie, *morgen früh* gleich einen Termin bei ihrem Gynäkologen zu machen. *Vielleicht hat die Nacht mit Roland endlich Früchte getragen*, sinnierte sie. Inzwischen hatte sie die letzte Zeile ihres Berichtes getippt. Anschließend formatierte sie den Text und änderte die Ansicht, druckte den Bericht aus und heftete ihn in einen Pappordner.

Dann beschloss sie, ein wenig im Internet über Frank Barke zu recherchieren, und entdeckte dabei Interessantes. Gerade wollte sie Roland anrufen – da klingelte ihr Handy: Es war Roland.

„Hallo Roland, was für ein Zufall, ich wollte dich auch gerade anrufen", lachte Natalie freudig.

„Dann hast du bereits weitere, nähere und konkretere Informationen über Frank herausgefunden?", vermutete Roland wachsam.

„Ja, Frank Barke hat einen Bruder. Der lebt in Frankfurt und heißt Hendrik Barke", berichtete Natalie.

Roland war überrascht. Dass Frank eine Schwester namens Nadine Barke hatte, die als Zielfahnderin arbeitete, hatte Roland gewusst. Aber von einem Bruder hörte er jetzt zum ersten Mal. Natalie gab ihm die Adresse durch.

„Vielen Dank. Du hast mir sehr geholfen", bedankte sich Roland und legte auf.

„Du mir auch. Unwissentlich", lächelte Natalie leise vor sich hin. Sie hoffte inständig, dass Roland mit diesen Informationen keine Dummheiten treiben würde... in seiner blinden Rache.

Der Ausflug war zwar sehr aufregend, aber auch anstrengend für Manuel gewesen. Der kleine Junge lag nun, nach dem Zoobesuch, erschöpft im Kinderwagen, so dass Irmgard und Bodo beschlossen, Manuel gleich zu Roland nach Hause zu bringen. Dies hatte sie mit Roland kurz abgesprochen. Sie klingelten bei ihm. Roland eilte sofort zur Tür und öffnete.

„Hallo", grüßte er die drei. Manuel rieb sich die müden Augen.

„Oh, mein kleiner Schatz", Roland nahm Manuel in den Arm und wiegte ihn hin und her.

Da waren sie wieder, Irmgard sah sie genau: diese bösen Rachefunken, die seine Augen sprühten.

„Sag mal, Irmgard, kann ich Manuel übermorgen ganz früh bei dir vorbeibringen und könnte er vielleicht auch bei dir übernachten?", fragte Roland.

„Sicher", willigte Irmgard ein. Dann senkte sie ihre Stimme und fügte leise hinzu: „Was hast du vor?"

„Ich will Rache für den Tod meiner Tochter. Eigentlich wollte ich heute schon losgehen, aber ich muss meinen Plan noch einmal genau durchdenken", gab Roland leise zu. „Keine Angst, ich mache keinen Fehler, ich weiß, dass Manuel mich braucht."

Irmgard sah ihn kurz, aber eindringlich an. „Pass auf dich auf, Roland", machte Irmgard deutlich, danach verließ sie mit Bodo Rolands Wohnung. Roland brachte Manuel ins Bett und zog seine Spieluhr auf.

ZWEI TAGE SPÄTER

Dienstag, 30. April 2013

Natalie trat heute ihren ersten Urlaubstag an. Die ganze Nacht war ihr übel gewesen. Wie am vorangegangenen Tag beschlossen, wollte sie tatsächlich zum Arzt gehen, um sich einmal gründlich untersuchen zu lassen.

Nina stand in Tonys Küche und hielt ein Glas Wasser in den Händen. Sie war *gestern* erneut von Tony verprügelt worden. Offenbar hatte wieder irgendein Werkstattkunde seine Rechnung nicht bezahlt. Seinen Frust darüber hatte er, wie üblich, an ihr ausgelassen. Plötzlich knallte eine Tür und Tony stand vor ihr. Sein Atem ging schnell, er hatte die Fäuste geballt und bebte innerlich. Sein ganzer Körper war in Aufruhr; das war deutlich zu sehen. Er stürmte auf Nina zu und blieb dann dicht vor ihr stehen.

„Was ist passiert?", fragte Nina mit zitternder Stimme.

„Mir ist wieder ein Kunde abgesprungen! Er hat sich über die Qualität meiner Autoteile beschwert!", regte Tony sich auf, er schrie beinahe.

„Hm, was war denn mit den Teilen nicht in Ordnung?", fragte Nina, auch wenn sie nicht die leiseste Ahnung von Tonys Beruf hatte. Als Mädchen hatte sie ganz klassisch mit Puppen und Puppenhäusern gespielt. Schlagartig erinnerte sie sich an ihre beste Freundin aus Kindheitstagen – Sally. Die hatte immer mit kleinen Autos gespielt. Und während Nina als Jugendliche ihre Stunden im Ballett-Studio verbracht hatte, war Sally diejenige, die sich mit ferngesteuerten kleinen Autos ihre Zeit vertrieben hatte. Vielleicht hätte sie mit Tony fachsimpeln können, wenn sie sich damals auch mehr für Autos hätte begeistern können. Warum erinnerte sie sich plötzlich an Dinge, die schon sehr lange zurücklagen?

Sie hob den Kopf und sah Tony in die Augen. Glühende Wut lag darin. Tony beantwortete Ninas Frage nicht. Dass sie sich nun auch noch nach Details erkundigte, hatte ihn noch mehr in Rage gebracht. Er packte sie an der Schulter, drückte sie an die Wand und schlug dann mit seiner anderen Hand mehrfach auf sie ein. Sie biss sich auf die Lippe, um die Schmerzen ertragen zu können. In diesem Moment verpasste Tony ihr wieder zwei Schläge nacheinander, einen auf die Lippe und den anderen sofort hinterher auf die Nase. Sowohl aus ihrer Nase, als auch aus ihrer Lippe quoll Blut. Tony war davon unbeeindruckt und schlug noch zweimal zu, in die Rippen und in den Bauch. Er war wie von Sinnen. Plötzlich ließ er von ihr ab.

Nina bekam kaum noch Luft! Sie fiel auf den Boden und blieb benommen liegen. Tony blickte sie kurz an, dann verließ er die Wohnung, um Lucas von der Schule abzuholen.

Natalie hatte glücklicherweise noch am gleichen Vormittag einen Termin bei ihrem Gynäkologen bekommen und saß bereits im Wartezimmer. Außer ihr, einer hochschwangeren Frau und zwei etwa fünfzigjährigen Damen war der Raum leer. Nun erschien die Sprechstundenhilfe im Türrahmen. „Frau Coenen, bitte!", forderte sie auf, und Natalie folgte ihr ins Behandlungszimmer.

Sigrid und Günter lagen gerade in der Sonne und genossen ihren Urlaub. Günter trug eine Badehose und Sigrid einen Bikini. Ihr gewölbter Bauch sah wundervoll darin aus. Sie legte die Stirn in Falten.

„Worüber denkst du nach?", fragte Günter.

„Ich finde, wir sollten Sandra herholen und einfach hier bleiben. Für immer", fand Sigrid. Günter lächelte sie an. Das Thema Scheidung hatte sich für beide erledigt.

„Ich finde deine Idee gar nicht so schlecht. Aber weißt du, da wird noch einiges auf uns zukommen. Wir müssten unsere Wohnung kündigen und uns neue Arbeit suchen. Wärst du wirklich bereit, alle Brücken hinter dir abzubrechen?", wollte Günter wissen.

„Ja, ich würde mit dir sehr gerne noch einmal ganz von vorne anfangen", stimmte sie zu.

„Lass uns das am besten mit Sandra besprechen. *In zwei Wochen* hat sie Urlaub, dann können wir in Ruhe alles regeln. Außerdem hast du Roland versprochen, dass wir uns mit ihm treffen."

„Ja, du hast Recht. Wenn wir wirklich hierbleiben, muss ich mich ja auch von Roland und den anderen Kollegen verabschieden", stimmte Sigrid ihm zu.

In der Zeit bis zu Sandras Ankunft genossen Sigrid und Günter die gemeinsamen Stunden des Glücks.

Nach dem Anruf von Franks Bewährungshelfer hatte Roland beschlossen, sich auf die Suche nach Frank zu machen. Natalies Informationen bewiesen eindeutig, dass Frank in dreckige Geschäfte verwickelt war. Deshalb hatte er Manuel, wie bereits ausgemacht, ganz früh zu Irmgard gebracht. Dort würde der kleine Junge heute auch übernachten – so war es zumindest geplant.

Mittlerweile hatte Roland durch seine Recherchen herausgefunden, dass Franks Bruder Hendrik morgens immer zur gleichen Zeit in das gleiche „Etablissement" ging. Also nahm Roland sich vor, sich passend anzuziehen, um Hendrik dann *zufällig* zu treffen.

Natalie war von ihrem Gynäkologen untersucht worden: „Herzlichen Glückwunsch, Sie bekommen ein Baby!", eröffnete ihr der Frauenarzt freudig.

Natalie drehte ihren Kopf zum Monitor, sah einen winzigen Punkt. Vor Freude begann sie zu weinen: „Das ist einfach wunderbar! Ich hatte das schon vermutet, denn meine Periode ist schon etliche Tage überfällig. Deshalb bin ich auch gleich zu Ihnen gekommen und nicht zu meinem Hausarzt gegangen, als ich mich nicht wohlgefühlt habe."

Nachdem sie die Praxis verlassen hatte, hatte sie, das erste Foto ihres Kindes in der Hand, noch einige Freudentränen verdrückt, bevor sie Jakob anrief und sich mit ihm verabredete, um ihm die Neuigkeit persönlich mitzuteilen. Sie wollten sich in einem Café treffen. Dort setzte sie sich auf einen Korbstuhl und wartete auf ihren Bruder. Für sie stand fest: Außer Jakob würde vorerst niemand von ihrer Schwangerschaft erfahren!

Roland war in dem Club, den Hendrik Barke immer besuchte, angekommen. Von außen wirkte das Gebäude eher unscheinbar. Man musste an zwei Türstehern vorbei. Über dem Eingang blinkten bunte Neonlichter mit dem Schriftzug „*Erotic Dreams*".

Damals, als Caroline entführt wurde, war in diesem Club gerade eine Razzia, unter der Leitung von dem damaligen Oberkommissar Frank Barke, ohne das Wissen der Kriminalrätin, durchgeführt worden.

Hendrik Barke betrat den Club. Der Mann war Frank wie aus dem Gesicht geschnitten. Roland saß in einer Nische und beobachtet ihn zunächst unauffällig. Dann ging er zielstrebig zur Bar und setzte sich auf den Barhocker neben Hendrik. Franks Bruder hatte ein Glas Cola und eine Glasschale mit Erdnüssen vor sich stehen. Roland begann gezielt mit Hendrik ein Gespräch, um ihn über Frank auszuhorchen. Er erklärte ihm, dass er ein guter Freund von Frank wäre und ihm helfen müsse, da Franks Bewährungshelfer schon die Polizei rufen wollte. Dabei hatte er herausgefunden, dass Frank nach seiner Verhandlung bei Hendrik gewesen war, aber jetzt zum Flughafen wollte. Hendrik war aufgefallen, dass er den Pass in der Hand gehalten hatte – auch einen Blick auf das Flug-Ticket hatte er werfen können – es war auf das heutige Datum datiert und es war ein one-way-Ticket nach Frankreich... Roland hielt sich mit der Hand die Magengegend.

„Mir ist irgendwie schlecht", stöhnte Roland plötzlich. „Ich glaube ich komme nicht mehr alleine nach Hause."

„Warte, ich helfe dir. Du kommst jetzt erst einmal mit zu mir nach Hause und dann sehen wir weiter", Hendrik lächelte Roland an. *Einige Minuten später* waren sie bei Hendrik angekommen. Er wohnte in einem Mietshaus mit mehreren Wohnungen.

„Könnte ich bitte ein Glas Wasser haben?", fragte Roland.

„Natürlich", Hendrik Barke verließ die Wohnung, um eine neue Flasche Wasser aus dem Keller zu holen, denn in seinem Kühlschrank herrschte Ebbe. Als er wiederkam fragte er Roland „Hast du eigentlich schon etwas gegessen? Also ich habe jetzt richtig Appetit auf Makkaroni-Schinken-Käse-Auflauf. Soll ich uns einen von der Pizzeria gegenüber holen?"

„Jetzt, wo du es sagst, ich habe auch ein bisschen Hunger", meinte Roland, „vielleicht habe ich deshalb Magenschmerzen. Und Makkaroni kann ich immer essen."

Nichtsahnend machte sich Hendrik auf den Weg.

„Lass dir ruhig Zeit", murmelte Roland leise, nachdem Hendrik gegangen war. Er holte seine schwarzen Lederhandschuhe aus der hinteren Hosentasche seiner Jeans und zog sie an. Leise erhob er sich und begann als erstes, das Wohnzimmer zu durchsuchen. Fehlanzeige, hier war er nicht fündig geworden. Also beschloss er jedes Zimmer der Wohnung zu durchsuchen. Ganz am Ende des Flurs war eine weiße Tür mit goldenem Griff. Roland öffnete sie und betrat den Raum. In der Dunkelheit schaltete der die kleine Schreibtischlampe ein. In einem Fach unter dem Schreibtisch entdeckte er ein *MacBook Air* von *Apple*. Er stellte es auf den Schreibtisch, schaltete es an und versuchte, das Sicherheitssystem des Gerätes lahmzulegen. Das war zwar alles andere als einfach, aber bald hatte er es geschafft. Frank hatte blöderweise – blöd für ihn, gut für Roland - sein Passwort in seinem Mail-Zugang dauergespeichert, so konnte Roland problemlos Franks Mails lesen. Die letzte Mail war *vom heutigen Tag um 5:56 Uhr* eingegangen. Eine Buchungsbestätigung für den *heutigen* Flug ab Frankfurt um *14:34 Uhr.* Die Buchungsbestätigung war auf einen Herrn Gregory ausgestellt worden. Da entdeckte Roland in der Klappe des Schreibtisches CD-ROMS, Reisepass-, und Ausweißkopien. Die Namen im Reisepass und im Ausweis lauteten: *Hosea-Mathé Gregory.* Da wurde Roland schlagartig etwas klar: Frank musste seine Identität geändert haben, Frank Barke hieß nun laut Pass Hosea-Mathé Gregory.

Roland legte die erste unbeschriftete CD in das Laufwerk und startete sie. Zuerst sah er nur ein dunkles, wackliges Bild. Dann sah man ein Zimmer des Clubs *„Erotic Dreams"*. Roland konnte erkennen, dass Frank mit zwei Prostituierten in einem Zimmer war. Er sah deutlich, dass Frank die beiden Frauen nacheinander gegen ihren Willen zum Liebesspiel zwang – also vergewaltigte. Am Ende sah er, wie kräftige, muskulöse Männer die Frauen fesselten und knebelten, sie über ihre Schulter warfen und in blickdichten LKWs abtransportierten. Vielleicht nach Russland, vielleicht in die Ukraine, um sie dort teuer zu verkaufen. Dort würden die Frauen dann in dunklen Vororten an den Straßenecken ihr Geld verdienen müssen – das war offensichtlich. Roland ersparte sich die anderen CD-ROMs. Denn er wusste, was folgen würde... Darin war Frank also verwickelt – Menschenhandel und Zwangsprostitution. Frank war quasi der *„Lieferant"* für die Menschenhändler gewesen – ihr Komplize. Die Beweise reichten Roland. Jetzt würde er sich rächen.

🔫 🔫 🔫 🔫 🔫 🔫 🔫 🔫 🔫

Sie blinzelte benommen und stöhnte leicht. Ihr Kopf dröhnte, als würde jemand mit einem Presslufthammer darin arbeiten. Ihr war speiübel. Vorsichtig setzte sie sich auf. Das Blut lief immer noch aus ihrer Nase und aus ihrer Lippe, aber nicht mehr so stark. Durch den

Schlag hatte sie nun wahnsinnige Bauch- und Rippenschmerzen. Hoffentlich war nichts gebrochen! Durch die schmerzenden Rippen fiel ihr das Atmen schwer. Zum ersten Mal seit einiger Zeit konnte sie trotz der Tabletten wieder einen klaren Gedanken fassen das lag vermutlich an den Schlägen: *So konnte es nicht weitergehen! Sie musste hier verschwinden und zwar schnell! Langsam malte sie sich aus, zu welch entsetzlichen Taten Tony wohl noch fähig sein würde. Sie wollte diese jedoch auf keinen Fall ertragen müssen. Deshalb beschloss sie, ihn und seinen Sohn, ganz heimlich, still und leise zu verlassen. Denn sie hatte eine eigene Familie! Ihr wurde plötzlich klar, dass sie offen mit ihrer Trauer um Sophia umgehen musste, nur so würde es ihr langfristig besser gehen.*

Eilig ging sie ins Schlafzimmer, zerrte ihre Klamotten aus dem Kleiderschrank, warf sie in ihre Sporttasche und ging anschließend ins Badezimmer, um ihre Badezimmer-Utensilien ebenfalls einzupacken. Anschließend betrat sie noch einmal kurz Lucas' dunkles Kinderzimmer, warf ihm einen langen Blick zu... und verließ hastig die Wohnung. Hinter ihr fiel die Wohnungstür ins Schloss. Vor dem Haus zückte sie ihr Mobiltelefon und rief sie das Jugendamt an; die zuständige Dame versprach, sie würde sich um Lucas kümmern und jemanden vorbeischicken.

Mittlerweile war es *13:20 Uhr*. Hosea-Mathe Gregory hatte sich kürzlich von seinem letzten Bargeld drei Dinge gegönnt: den neuen Anzug, den er gerade trug, die Zeitung, die er gerade las und das one-way-Ticket nach Frankreich. Er begab sich gerade an den Check-In-Schalter.

„Hallo Hosea", ertönte eine ihm allzu bekannte Männerstimme. Er wandte sich um.

„Du…wie hast du mich gefunden? Was machst du hier?", keuchte er atemlos.

„Ich habe dich seit deinem Prozess gesucht. Ich habe lange auf diesen Tag gewartet – den Tag meiner Rache", Roland packte Frank und drückte ihm seine Fingerknochen fest in die Schulter. Frank stöhnte vor Schmerz auf. Roland interessierte das herzlich wenig. Er holte sein Handy hervor und tippte eine Nummer ein: Roland rief die Polizei. *Wenige Minuten später* waren zwei Polizeibeamte vor Ort. Roland begrüßte sie und übergab ihnen die schockierenden Beweise, die er gefunden hatte.

„Das reicht für das Gefängnis", nickte der Polizist, „danke für den Tipp, Ex-Kollege."

„Immer wieder gerne. Dieses Mal war es mir ein besonderes Vergnügen", Roland lächelte schief, doch ihm war die Erleichterung deutlich anzumerken.

„Und nun ein Wort zu dir, Frank", Rolands Stimme klang plötzlich sehr leise, eine Spur von Rachsucht lag darin, „ich hoffe, jetzt weißt du, was es heißt, alles zu verlieren. Nicht schön, das am eigenen Leib zu erfahren, nicht wahr? Jetzt wirst du endlich für all deine Taten bezahlen!"

Roland wandte sich ab, ehe jemand etwas erwidern konnte. Als er sich umdrehte, stand er plötzlich direkt vor Jordan, der fast mit ihm zusammengestoßen wäre.

„Oh, der Herr Spurensicherer, möchten Sie verreisen?", fragte Roland sarkastisch, da Jordan einen Koffer trug.

Seinem Gegenüber wich sämtliche Farbe aus dem Gesicht: „Es tut mir leid…", stammelte er leise.

Da durchschaute Roland die Situation: „Du verdammtes Drecksschwein! Du bist mit schuld am Tod meiner Tochter!"

Roland wollte sich auf Jordan stürzen, doch einer der Polizisten ging dazwischen: „Bitte, ganz ruhig. Wir kümmern uns um den Mann", sagte er und drängte Roland mit all seiner Kraft beiseite.

Jordan und Frank wurden festgenommen unter dem Verdacht, eine Straftat vertuscht zu haben.

Jetzt, da er seine Rachegelüste befriedigt hatte, fühlte Roland sich freier und um tausend Tonnen leichter. Er konnte immer noch nicht fassen, dass der Spurensicherer gemeinsame Sache mit Frank gemacht hatte. Aber Roland nahm sich vor, jetzt noch einmal ganz von vorne anzufangen – in jeder Hinsicht. Und nun hatte er noch einige Besorgungen zu erledigen.

Sie fuhr schon *vier Stunden und sechsundzwanzig Minuten.* Auf ihrem iPod, den sie an den Radio angeschlossen hatte, lief das Lied *9 Crimes* von *Damien Rice.* Sie lauschte dem Lied und dachte dabei an ihre Familie, die sie damals einfach so aufgegeben hatte. Mit jedem Kilometer, der zwischen ihr und Hamburg lag, wurde ihr Herz leichter.

Manuel wollte einfach nicht einschlafen. Der kleine Junge war total überdreht. Zuerst hatte Irmgard ihm ein Fläschchen gemacht, dann hatte Bodo ihn durch die Wohnung getragen und ihm Schlaflieder vorgesungen. Aber nichts katapultierte den Jungen in das Reich der Träume.

Inzwischen war es *21:46 Uhr*. Roland war schon *seit vier Stunden* wieder zu Hause. Er hatte heiß geduscht, etwas gegessen, einen Kaffee getrunken und seine Mail-Flut beantwortet. Jetzt sehnte er sich nach seinem Sofa. Für ihn gab es jetzt nichts Schöneres, als sich auszustrecken und ein bisschen vor sich hin zu dösen.

Plötzlich klingelte es an der Haustür. Ächzend erhob Roland sich und ging zur Tür, um zu öffnen. Er erschrak beinahe zu Tode, als er sie sah.

„Hallo Roland", brachte die Frau mit schwacher, brüchiger und leiser Stimme hervor.

Wenn Roland nicht eindeutig den markanten Leberfleck an ihrem Hals wiedererkannt hätte, so hätte er sich vermutlich für verrückt erklärt. „Nina", sagte Roland atemlos und erstaunt zugleich. Ein Schauer jagte durch seinen Körper. Dann folgte eine Hitzewelle.

Sie nickte leicht.

„Was ist mit dir…?", setzte Roland an, aber weiter kam er nicht, denn Nina fiel nach vorne. Hätte Roland nicht in Sekundenschnelle reagiert und seine Hände ausgestreckt, um Nina aufzufangen, wäre sie vermutlich hart auf den Boden gefallen. Jetzt hing sie bewusstlos in seinen Armen – mitten im Hauseingang. Roland glaubte, sich in einem schlechten Traum zu befinden und hoffte, dass er möglichst bald daraus erwachen würde.

„Hey Nina, hey, komm schon, wach auf!", flehte Roland.

Langsam kam Nina wieder zu sich und blinzelte ihn benommen an. Sie sah furchtbar aus, fand Roland. *Woher stammten bloß ihre Verletzungen? War sie geschlagen oder sogar misshandelt worden? Etwa von diesem Tony?*, schoss es Roland durch den Kopf. Er war sich sicher: Es gab momentan keine einzige Stelle an ihrem Körper, die ihr nicht wehtat. Somit hob er Nina hoch, brachte sie in seine Wohnung und setzte sie auf sein Sofa.

„Hör zu, Nina. Ich hole dir jetzt einen Eisbeutel und Verbandsmaterial, um deine Wunden zu versorgen und danach erzählst du mir einmal ganz in Ruhe, was man dir angetan hat, in Ordnung? Und versuche bitte erst gar nicht, mir mit der *„Ich hab mich gestoßen-Nummer"* zu kommen Nina", bat Roland.

Nina war völlig aufgelöst und zitterte am ganzen Körper. Roland legte ihr kurz seine Hand auf die Schulter: „Ich bin sofort wieder da, ok?"

Nina nickte und Roland eilte los, um den Verbandskasten und einen Eisbeutel zu holen, welchen er in ein Geschirrtuch gewickelt hatte. „Hier", sagte er und hielt ihr den Eisbeutel hin.

„Danke", Nina nahm ihn entgegen und kühlte ihre Lippe und ihre Nase. Währenddessen versorgte Roland vorsichtig ihre Wunden.

„Weißt du, Roland?", begann Nina nach einer Weile, „nach dem Tod von Sophia habe ich jeglichen Halt im Leben verloren. Ich wusste einfach überhaupt nicht mehr, wie es noch weitergehen sollte, und dann hatte ich ständig meinen kleinen Sohn vor der Nase, und jeder Gesichtszug an ihm hat mich an Sophia erinnert – ich konnte das einfach nicht ertragen. Ich konnte ihn nicht füttern, wenn er hungrig war – ihn nicht saubermachen und ihn nicht in den Arm nehmen, weil ich immer an Sophia denken musste. Und dann bin ich immer öfter auf dieses Portal im Netz gegangen, da habe ich Tony kennengelernt und mich vom ersten Satz, den er geschrieben hat, verstanden gefühlt. Deshalb, und weil ich wusste, ich bin in meinem Zustand eine Gefahr für unseren Sohn –bin ich damals gegangen. Ich wusste einfach, dass ich ihm nicht die Mutter sein konnte, die er gebraucht hätte verstehst du das? Ich habe mich von niemandem außer von Tony verstanden gefühlt – ein Fehler, wie ich jetzt weiß", erzählte Nina, „ich muss unbedingt von diesen Tabletten loskommen. Denn so möchte ich nicht weiterleben. Nur so kann ich für Manuel da sein."

Roland hatte ihr aufmerksam zugehört. Er wusste nicht recht, was er ihr antworten sollte, denn irgendwie konnte er nachvollziehen, was sie sagte.

„Ja, ich verstehe das", sagte Roland schließlich. Er räusperte sich lange. „Weißt du, ich habe mal von einer sehr guten Entzugsklinik in Schottland gehört. Es wäre doch ein Traum, wenn wir dorthin fahren könnten. Ich nehme mir frei, wir mieten uns ein kleines Häuschen – vielleicht auf einer Farm in Schottland? Wir kümmern uns um die Tiere dort und du machst deinen Entzug und kannst Manuel jederzeit sehen?", schlug Roland vor.

„Das ist eine gute Idee. Aber würdest du das nach allem, was geschehen ist, wirklich für mich tun? Wo ist Manuel eigentlich?", wollte Nina wissen.

„Bei Irmgard. Ich hatte noch etwas zu erledigen", sagte Roland ausweichend.

„Ich verstehe. Können wir zu Irmgard fahren? Ich würde meinen Sohn gerne sehen", bat Nina.

„Meinst du nicht, das ist ein bisschen viel für heute", sagte Roland.

„Bitte", flehte sie. „Ich habe solche Sehnsucht nach ihm gehabt die ganze Zeit".

Roland ließ sich überreden. Und nachdem Nina sich einigermaßen beruhigt und das Zittern nachgelassen hatte, fuhren sie zu Irmgard.

174

Irmgard und Bodo hatten Manuel noch immer nicht beruhigen können.

„Weißt du, was mir gerade so durch den Kopf geht?", fragte Bodo, während Irmgard Manuel durch die Wohnung trug und ihn in ihrem Arm hin und her wiegte.

„Was denn?", fragte Irmgard.

„Bestimmt erinnerst du dich daran, dass ich früher ein hohes Tier bei IBM war. Mein Job war mein Leben! Wichtiger als alles andere! Leider auch wichtiger als du und Isabelle. Das habe ich selbst viel zu spät begriffen. Jedenfalls mussten sie irgendwann Stellen streichen. Ich habe eine ziemlich hohe Abfindung kassiert. Außerdem habe dazu auch noch eine ordentliche Summe von meinem Ersparten, das ich beiseitegelegt habe. Was hältst du davon, wenn ich uns beiden ein schönes Häuschen in der Toskana kaufe und wir dorthin ziehen? Auf unsere alten Tage...", schlug Bodo vor.

„An sich hört sich das sehr verlockend an", gab Irmgard zu.

„Aber...?", wollte Bodo sogleich wissen.

„Aber... wenn wir so weit weg sind, dann sehe ich Manuel gar nicht mehr", wandte Irmgard ein.

„Es gibt doch Videotelefonie-Dienste, Irmgard! Und an Feiertagen können wir Roland und Manuel besuchen kommen – oder sie kommen uns besuchen", meinte Bodo.

Irmgard war in dieser Hinsicht nicht auf dem neusten Stand der Technik.

„Aber Roland braucht mich doch. Er hat doch niemanden für das Baby, wenn er arbeitet", fand Irmgard ein weiteres Gegenargument.

„Aber wir zwei können doch auf unsere alten Tage unser Leben noch ein bisschen genießen. Und über kurz oder lang wird Roland sich ohnehin nach einer Betreuungsmöglichkeit für Manuel umsehen müssen. Meinst du nicht?", Bodo kitzelte ihr Ohr.

„Naja, die Toskana, das klingt schon verlockend", stimmte Irmgard ihm zu.

Plötzlich läutete es an der Haustür. „Wer kommt denn jetzt noch, um diese Uhrzeit", murmelte Bodo, drehte sich zur Tür und öffnete; im selben Moment drehte sich Irmgard mit Manuel auf dem Arm zu ihm um.

„Hallo Roland, hallo Frau Saalberger", begrüße Irmgard die beiden, „das ist aber eine Überraschung", stotterte sie verwirrt, und kam mit Manuel im Arm ebenfalls zur Tür.

„Frau Saalberger ist Manuels Mutter", erklärte sie, an Bodo gewandt - das letzte Wort ihres Satzes klang ein kleines bisschen ironisch, sie hatte es nicht verhindern können.

Bodo nickte verständnisvoll. „Freut mich sehr, Sie kennenzulernen. Ich bin Isabelles Vater, Bodo Engel", stellte er sich vor und hielt Nina die rechte Hand hin.

„Nina Saalberger, freut mich", Nina schüttelte etwas verlegen seine Hand.

Irmgard sah Nina irritiert an, „Ist etwas passiert? Hatten Sie einen Unfall?"

„Ja, so etwas ähnliches", antwortete Nina unsicher.

„Was ist eigentlich mit unserem kleinen Schreihals hier los? Warum schläft er noch nicht?", fragte Roland, um Nina vor einer Erklärung zu bewahren.

„Das weiß ich auch nicht. Vielleicht hat er Bauchschmerzen. Jedenfalls tragen Bodo und ich ihn schon den ganzen Abend spazieren."

„Kann ich meinen Sohn auch einmal halten?", bat Nina leise.

„Sicher, vielleicht beruhigt er sich bei Ihnen", Irmgard legte ihr Manuel in den Arm.

„Danke, Frau Engel", sagte Nina und nahm ihren Sohn in die Arme. Sie wiegte Manuel hin und her. Der kleine Junge sah sie neugierig an. „Hallo Manuel, ich bin deine Mama", flüsterte Nina und lächelte ihren Sohn an. Manuel saugte zufrieden an seinem Schnuller. Dann gab er ein glucksendes Geräusch von sich, das seine Freude zum Ausdruck brachte, der Schnuller fiel ihm aus dem Mund und baumelte an der Schnullerkette hin und her. Manuel schmiegte seinen Kopf an Ninas Wange und schmatzte vor sich hin.

„Er sieht zufrieden aus", fand Nina. Dann wandte sie sich Irmgard zu: „Vielen Dank, Frau Engel, dass sie in letzter Zeit so viel für meinen Sohn getan haben, als ich es nicht konnte. Ich weiß das sehr zu schätzen!"

„Das habe ich wirklich sehr gerne getan. Durch den kleinen Mann habe ich mein Leid über den Tod meiner Tochter ein bisschen verarbeiten können. Jetzt machen Sie es sich mit dem kleinen Mann einmal auf dem Sofa bequem, ich koche uns einen Tee. Roland, kommst du bitte mit in die Küche und hilfst mir?", war Irmgards resolute Antwort.

„Ja, sicher", Roland folgte ihr.

Kaum hatte sie die Küchentür hinter sich geschlossen, legte Irmgard los, „Wieso ist sie jetzt auf einmal wieder da? Wo soll das hinführen? Sie sieht nicht so aus, als wäre sie imstande, sich um Manuel zu kümmern. Ich möchte den Kleinen nicht verlieren!"", Irmgard kämpfte mit den Tränen.

Roland nahm sie in den Arm. „Schschsch, jetzt mal ganz ruhig bleiben! Nina wird eine Therapie machen, um von ihrer Tablettensucht loszukommen. Ich habe vorhin per Mail mit einer Klinik in Schottland Kontakt aufgenommen. Sie würden Nina aufnehmen. Manuel und ich könnten in der Nähe auf einer Farm unterkommen, auf der ich für etwas Geld arbeiten könnte. So wären wir alle drei zusammen. Aber mache dir keine Sorgen, du wirst Manuel nicht verlieren. Wir werden dich auch weiterhin brauchen!" Roland stockte, dann fuhr er fort, „ich meine natürlich nur, wenn du damit einverstanden bist?"

„Und ob ich einverstanden bin! Schließlich braucht der Junge ja auch Großeltern", nickte Irmgard schniefend, „aber ich werde euch schon sehr vermissen!"

Als das Teewasser kochte, hatte Irmgard sich wieder einigermaßen beruhigt. Sie hatten zusammen im Wohnzimmer Tee getrunken und Manuel war in Ninas Arm eingeschlafen.

„Wir sollten jetzt nach Hause gehen", schlug Roland vor.

So verabschiedeten Nina und Roland sich von Irmgard und Bodo.

Zuhause angekommen, brachte Nina ihren Sohn ins Bett. Vom Ein- und Aussteigen war Manuel zwar wach geworden, kaum hatte sie die Spieluhr aufgezogen, war der kleine Kerl auch schon wieder weggeschlummert. Nina war nun ziemlich wackelig auf den Knien, sie setzte sich zu Roland auf die Couch. Der ganze Tag war doch sehr anstrengend und kräfteraubend für sie gewesen.

„Nina, ich weiß, du wirst den Entzug schaffen, ich helfe dir, so gut ich kann", versicherte ihr Roland.

„Jetzt habe ich Lust auf Eiscreme. Am liebsten Vanille-Eis mit karamellisierten Mandelstückchen", meinte Nina und lehnte sich an Rolands Schulter.

ENDE

Danksagung

Dieses Buch ist etwas ganz besonderes für mich. Es hat mir großen Spaß gemacht, den vierten Band um Roland Saalberger zu schreiben. Allerdings habe ich auch mit gemischten Gefühlen an diesem Buch gearbeitet. Die Reihe um Roland Saalberger und Co. habe ich wirklich sehr gerne und mit ganz viel Herzblut geschrieben. Aber ich denke, nun ist es für mich an der Zeit, einmal etwas ganz anderes zu probieren.

Als nächstes habe ich zwei Ideen für Kurzgeschichten im Kopf. Und auch die eine oder andere Romanidee schwirrt mir bereits im Kopf herum. Also, meine nächsten Veröffentlichungen werden Kurzgeschichten und Romane sein; das Krimi-Genre werde ich erst einmal ruhen lassen. Aber wer weiß, vielleicht schreibe ich irgendwann wieder eine neue Krimi-Reihe oder einen Krimi als Einzelband. Bis dahin hoffe ich, dass Sie meinen neuen Krimi begeistert lesen und meine nächsten Kurzgeschichten- und Romanprojekte gespannt verfolgen werden.

Zuerst einmal möchte ich meinen Eltern danken: meiner Mutter, weil sie das Manuskript über den gesamten Schreibprozess begleitet und mir Anregungen und Tipps gegeben hat. Außerdem hat sie mich ermutigt, wenn ich feststeckte und mich gedanklich auf den richtigen Weg gebracht. Und meinem Vater dafür, dass er bei bisher jedem Buch von mir die Werbung durch Mundpropaganda übernommen hat und dies auch bei meinem neuen Kriminalroman wieder tun wird.

Ein besonderer Dank gilt meinem 1jährigen Groß-cousin Manuel: Du inspirierst mich einfach jeden Tag aufs Neue![1]

Dann möchte ich noch meinen Freundinnen Janett und Maren danken: Janett - für die Zeit der Entbehrung während des Schreibens, und Maren - dafür, dass sie sich meine neuen Ideen um Roland und Co. immer angehört und mir ihre ehrliche Meinung dazu mitgeteilt hat. Solche Freunde wünscht man sich und ich bin sehr froh, dass ich sie habe. Beide!

Ein ganz besonderer Dank geht auch an meine Lektorin Susanne Junge, die mir beim Plot mit ihren Anmerkungen hilfreich zur Seite stand und dem Buch den letzten Schliff gegeben hat.

---

[1] An dieser Stelle möchte ich noch einen Hinweis loswerden: Mein Großcousin Manuel ist NICHT der Namensgeber für Rolands Sohn. Vielleicht erinnern Sie sich an den falschen Kommissar Manuel Becker, den ich im zweiten Band der Reihe erfunden habe - er ist der Namensgeber für Rolands Sohn.

Natürlich danke ich auch meinem Coverdesigner Berthold Sachsenmaier, ganz besonders für das wunderschöne Cover.

Dann danke ich noch dem netten Team von tredition für die reibungslose Zusammenarbeit und die geduldige Beantwortung meiner Fragen.

Schlussendlich danke ich noch allen, die dieses Buch lesen und lieben werden.

Samantha Daut, im Dezember 2014

Über die Autorin

Samantha Daut wurde am 06.02.1994 in Heidelberg geboren und wuchs in Leimen auf, dort lebt sie heute. Sie ist Rollstuhlfahrerin.

Mittlerweile hat sie vier Kriminalromane geschrieben und veröffentlicht.

Weitere Informationen über Samantha Daut finde Sie im Internet unter

http://www.samantha-daut.de/

oder auf ihren Facebook-Seiten

- Samantha Daut und ihre Bücher
- Die Roland-Saalberger-Krimis von Samantha Daut

Rezensionen und Leserstimmen:

Ich möchte noch einige Worte über Meinungen zu meinen Büchern loswerden.

Meinungen zu meinen Büchern sind mir ganz besonders wichtig. Gute und schlechte, denn daraus lerne ich viel.

Darum möchte ich Sie liebe Leserinnen und Leser, Bloggerinnen und Blogger, Rezensentinnen und Rezensenten, bitten, mir nachdem Lesen meines Buches eine Rückmeldung an: samantha-daut@web.de zu senden. Wenn Sie mir Ihr schriftliches Einverständnis geben, werde ich Ihre Meinung zu meinem Buch auch gerne auf meiner Webseite veröffentlichen.

Buchtipp von Samantha Daut

An dieser Stelle möchte ich auf ein ganz besonderes Buch meiner geschätzten Kollegin und guten Freundin Amanda Ciesing aufmerksam machen:

Schatten der Vergangenheit –

Die NIOL-Trilogie, Band 1

Von Amanda Ciesing

Kurzbeschreibung:

Dr. Oliver Bergmann ist ein äußerst erfolgreicher und gutaussehender Oberarzt an der Südstadtklinik im kleinen, fiktiven Örtchen Kaltensee. Sein Vater Wolfgang Bergmann hat die Klinik gegründet, aus altersbedingten Gründen hat Wolfgang seinen beiden Golffreunden Professor Dr. Dr. Conrad Möbius und Professor Dr. Dr. Paul Thomsen die Leitung seiner Klinik übertragen.
Oliver Bergmann lebt glücklich mit seiner Verlobten, der Kinderärztin Dr. Ellen Roth, in einer

wunderschönen Villa. Seine 6jährige Tochter Nele aus erster Ehe sieht er regelmäßig an den Vater-Wochenenden. Die Schwierigkeiten beginnen, als Nele erkrankt; auch wird das Verhalten des Mädchens zunehmend seltsamer…Was steckt dahinter?

Text: Aus der Beschreibung zum Buch auf www.tredition.de

„Eine schöne Lektüre für romantische Stunden und gemütliches Lese-Wetter" – Samantha Daut über „Schatten der Vergangenheit – Die NIOL-Trilogie, Band 1" von Amanda Ciesing.

Bezugsmöglichkeiten in zwei Ausgabeformaten

Das Taschenbuch ist für 7,49 € unter anderem auf www.tredition.de zu beziehen oder in allen gängigen Shops.

Das E-Book ist für 2,99 € in allen gängigen Shops erhältlich.

Die Saalberger-Reihe von Samantha Daut

1. Tödliche Eifersucht

2. Lehrerhass

Die ersten beiden Fälle für Roland Saalberger
im Doppelband!,
Format: Taschenbuch
Preis: 12,49 Euro.

Das Taschenbuch ist unter anderem hier erhältlich:
www.tredition.de
oder unter Angabe des Titels in jeder Buchhandlung.

3. BLUTTEDDY

Der dritte Fall für Roland Saalberger!
Formate: Taschenbuch und E-Book
Preise: Taschenbuch: 12,50 €, E-Book: 12,49 €

Das Taschenbuch ist unter anderem hier erhältlich:
www.tredition.de

oder unter Angabe des Titels in jeder Buchhandlung.
Das E-Book gibt es in allen gängigen Shops!

FSC
www.fsc.org

MIX

Papier | Fördert
gute Waldnutzung

FSC® C083411

Zeitfracht Medien GmbH
Ferdinand-Jühlke-Straße 7
99095 Erfurt, Deutschland
produktsicherheit@kolibri360.de